Manhã Submersa

Manhã Submersa

Vergílio Ferreira

© Moinhos, 2021.
© Vergílio Ferreira.

Edição CAMILA ARAUJO & NATHAN MATOS
Assistente Editorial KAROL GUERRA
Revisão PABLO GUIMARÃES
Diagramação EDITORA MOINHOS
Projeto Gráfico EDITORA MOINHOS
Capa SÉRGIO RICARDO

Dados Internacionais de Catalogação na Publicação (CIP) de acordo com ISBD
Elaborado por Vagner Rodolfo da Silva - CRB-8/9410
F383m
Ferreira, Vergílio
Manhã Submersa / Vergílio Ferreira. - Belo Horizonte : Moinhos, 2021.
176 p. ; 14cm x 21cm.
ISBN: 978-65-5681-094-2
1. Literatura portuguesa. 2. Romance. I. Título.
2021-1183

Todos os direitos desta edição reservados à Editora Moinhos
www.editoramoinhos.com.br
contato@editoramoinhos.com.br
Facebook.com/EditoraMoinhos
Twitter.com/EditoraMoinhos
Instagram.com/EditoraMoinhos

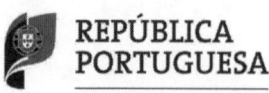

CULTURA
DIREÇÃO-GERAL DO LIVRO, DOS ARQUIVOS E
DAS BIBLIOTECAS

Ao Gilo

Para o fim do Vagão «J» *diz Vergílio Ferreira que talvez eu, António Borralho (A. Santos Lopes, de lei), viesse um dia a escrever a nossa história. Nossa — da minha gente. E algum tempo, de facto, essa ideia tentou-me. Mas acabei por desistir: no fim de contas, a história estava contada por outros e não seria eu decerto que a iria contar melhor. Poucos anos vivi, conscientemente, a vida da minha família. E assim, para a narrar, teria de imaginá-la não através da memória, mas só do que julgasse que devia recordar.*

História nova, porém, e sabida desde o sangue, eu tinha uma, realmente, mas essa era só minha. Em tal caso, se não falava ao futuro, se era uma história "individual" mais do que de uma "pessoa" ou de um "homem", se era apenas, sobretudo, uma "historiazinha infantil", de que servia contá-la? Cem vezes por isso resolvi escrevê--la, cem vezes desisti. Até que, em certo dia de Dezembro, batido a Inverno e solidão, eu senti, numa crise, que ela estava afinal certa com tudo o que tem voz de se ouvir. Certa em quê, não o sabia bem. Mas sabia que se respondiam nela a noite da minha ira e a noite e fúria do mundo.

Por isso a escrevi, sem discussão, surdo de angústia, durante um mês seguido. Porém, agora que a releio, um pouco me surpreendo, ao ver que era isto que eu tinha afinal para contar.

Nada mais tenho a dizer. Lembrarei ainda, todavia, que se a minha narrativa divergir num ponto ou noutro do livro atrás referido, sou eu, como é óbvio, quem está na razão.

  A. Lopes

I

Tomei o comboio na estação de Castanheira, depois que o Calhau deixou de me abraçar. Foi ele que me trouxe no carro de bois de D. Estefânia, em cuja casa, como se sabe, me talharam o destino. Minha mãe veio ainda à igreja, pela madrugada, ver-me partir; mas sentindo-me tão distante como se eu fosse preso, como se eu já pertencesse a um mundo que não era o seu — mal me falou. Por seu lado, D. Estefânia, defendendo a gravidade até ao último instante, olhando a minha mãe do alto das conveniências, disse-me brevemente que fosse na paz de Deus — e desapareceu. Sozinhos no carro, Calhau abismava-se no grande silêncio da manhã. Apenas de vez em quando, emergindo da solidão, mas fixo ainda na radiação de tudo, dizia coisas naturais da terra e das sementes, ou perguntava de novo a que horas era o comboio.

— Às nove — respondia eu.
— Chegamos a tempo.

E outra vez se calava, de capote às orelhas, sentado na borda do carro, com as pernas suspensas.

Mas logo depois murmurava de novo:

— Tens sorte. Olha eu que nunca pus os pés num comboio. Já o vi três vezes com esta. Mas nunca lá pus os pés. Tens sorte.

A névoa da madrugada desprendia-se dos campos, ia envolvendo a montanha. Dobrado de frio, o queixo nos joelhos, a saca da roupa ao lado, eu sentia-me quase feliz, mas de uma estranha felicidade inquietante. Perturbavam-me de prazer a trepidação da partida, o halo da novidade e sobretudo o apelo intrínseco e doce de todas as pequenas coisas, que ficavam mais perto de mim, como o fato novo, estreado esse dia, e o farnel da merenda para comer no comboio. Fechado nestas quimeras, eu calava-me também, como se com o silêncio me defendesse de tudo o que era ameaça à minha roda. Porque tudo para mim era estranho e ameaçador, desde a montanha imóvel na enorme manhã circular até ao espectro do Calhau e dos bois, tão insólitos na sua placidez inicial, como se viessem carregando o carro, submissamente, através de longos séculos...

Afinal chegámos meia hora antes do comboio. De modo que, aproveitando esse bónus de espera, Calhau e eu pusemo-nos a estudar as linhas, os vagões nos desvios, a engrenagem das agulhas. Como achava tudo aquilo maravilhoso, estranhei que o Calhau só três vezes tivesse visto o comboio.

— Há pior — disse-me ele, sossegado. — Conheces a Felícia? Pois é mais velha do que eu e nunca o viu.

— E aqui tão perto! — admirei-me eu, condoído.

Mas Calhau não se perturbou, convencido, decerto, de que isso de ver comboios não era assim muito importante para a vida...

Um homem fardado veio à plataforma dar avisos de corneta, uma inquietação nova centrou a atenção de todos. E, bruscamente, entre dois grandes penhascos, o comboio rompeu enfim como um rancor subterrâneo, alucinado de ferros e fumarada. E tive medo. Pela primeira vez estremeci de medo até aos limites da vida, não tanto, porém, da fúria do comboio, como dessa coisa insondável e enorme, tão grande para mim, que era partir. E então desejei ardentemente, profundamente, ficar. Mas era tarde: tudo quanto eu tinha feito desde há meses, tudo quanto fizera D. Estefânia, conduzia justamente àquilo mesmo — partir. Por isso, apertado de amargura, ameaçado de lágrimas, fui-me deixando abraçar em silêncio pelo Calhau. Até que, por entre um furor de fardos e cabazes, lá rompi, de saca às costas, para a carruagem de terceira. Fechei a porta, apanhei ainda o último adeus do Calhau e sentei-me então para chorar quanto quisesse. Em verdade, eu não gostaria de chorar. Mas, espoliado abruptamente da minha infância, aturdido de solidão, sentia-me quase bem dentro do choro. Inesperadamente, por entre a minha dor, eu descobria em mim o aceno de um passado. Era a grande montanha a oriente, a sua liberdade espacial, era o bafo quente de um amor perdido, a flor original de uma alegria morta. E então voltei para lá a minha face molhada, e tudo em mim disse adeus longamente.

— Logo encontras colegas — declarara D. Estefânia ao meu alarme.

E, realmente, pouco depois, eu reparei que na carruagem já vinham dois fatos pretos. Batidos pelos olhos de toda a gente do comboio, logo nos unimos em defesa e tentámos confraternizar. Isso animou-me bastante. Mas quanto me custava suportar o olhar filado, os sorrisos malignos da matula da terceira, que se me cravavam nos flancos como dentes carniceiros. Até que um malandro, que vinha de púrria com seis magalas, decidiu morder de frente. E disse alto:

— Padreca! Ó padreca!

Sofri. Olhámo-nos os três, congregando a coragem, mas logo vimos que não tínhamos que chegasse. E então odiei. Pela primeira vez na vida me cerrei dentro do meu ódio impotente e infeliz, e aprendi o sentido do desespero e da morte. Pela primeira vez eu medi a minha distância do mundo que me havia de ficar para sempre distante. Calados, destruídos de peste, para ali ficámos, sufocados de vergonha, pedindo paz com sorrisos corados para a matula carnívora, detestando-nos surdamente uns aos outros, como se cada um de nós fosse afinal o culpado... Com a secreta esperança de que nas paragens do comboio nos surgissem reforços, eu ia pelas janelas esquadrinhar o movimento das estações. De facto, não me enganei. Em dada altura, por entre a barafunda de uma estação agitada, lá cacei um fato preto.

— Prà qui! — berrei. — Prà qui!

Mais um. Como era já aluno adiantado, trouxe-nos o conforto da sua experiência. Dissemos os nossos nomes, não perguntámos o dele, submissos e radiantes. Logo depois, num apeadeiro solitário, mais outro fato preto.

— Prà qui! — clamei de novo, mais forte.

Cinco. Já não era mau. Mas eu não desistia de engrossar as nossas hostes e, de janela em janela, lá recrutei mais sete. Pude enfim descansar. Fitei, desassombrado, os galuchos, e pareceu-me então que eles cediam terreno por falarem já só com os olhos. Nem por isso, todavia, sosseguei inteiramente. O desafio dos meus olhos era o medo de todo o meu corpo alerta, de um terror recurvo à escuta. (Falo agora à memória destes últimos vinte anos e pergunto-me que destino atravessou a minha vida além desse pavor, que outra voz mensageira lhe clamou ao futuro além da voz de uma noite sem fim.)

No grupo, o seminarista mais velho esmagava agora os caloiros com o terrorismo da sua experiência:

— Vocês vão ver o senhor padre Lino a Latim. Cada erro nas declinações, quatro palmatoadas.

— Que são *declinações*? — perguntei.

— Você logo aprende. Só casos são seis.

— Que são *casos*?

— Você logo vê. Nominativo, genitivo, e por aí fora. Logo sabe o que é bom.

Apesar de tudo, com a segurança daquele moço a cobrir-nos de protecção, eu sentia-me quase bem. Esquecera a minha aldeia, a serra, o adeus do Calhau. Abri o farnel e comi. Nunca mais na minha vida eu comi com tanto gosto, como se naquele desdobrar de notícias e paisagens novas tudo em mim estivesse comendo comigo. O meu corpo colava-se avidamente ao mundo novo, injectado de sangue ardente à mínima sensação. E assim, era como se eu estivesse nascendo outra vez...

A certa altura, porém, quando já não pensava em reforços para as nossas hostes, entrou um destacamento de mais quatro fatos pretos. Todos crescidos. Um vendaval de clamores varreu a carruagem de lés a lés. Olhei os magalas e vi-os, já conformados, falando no limite da sua curta importância, apontando com o dedo ocasionais curiosidades da paisagem que rolava. Definitivamente, sentámo-nos para dominar. À minha roda, cada um dos seminaristas tentava provar o interesse das suas férias. Passámos à identificação individual, para nos sentirmos, de uma vez para sempre, camaradas.
— E você, como se chama? — perguntaram-me.
— António dos Santos Lopes.
— António Lopes?
— António dos Santos Lopes.
Ergueu os braços triunfantes:
— Então é o Borralho!
Era. Era o Borralho. Não quis saber como é que a minha sorte me viera apanhar ao comboio, e sofri em silêncio. Durante os primeiros meses de seminário, a lei do meu nome clamou ainda contra a injúria. Inútil. A lei acabou por se dar por vencida e nas conversas clandestinas, quando me queriam ofender, fiquei Borralho por força. Decerto, esse nome não é de modo algum ofensivo, até porque é vulgar. Mas ofendia-me a mim, como dói a toda a gente o nome que lhe não pertence — como doeria a imposição de uma pessoa que se não é. Porque o nome também é a nossa pessoa.
Reparei então que um dos quatro da última leva mal abrira ainda a boca. Taciturno, como se remoesse o projecto de um crime, com dois chapéus na cabeça — o velho encaixado no novo para o poupar —, ele olhava duramente e fixamente a ideia do seu rancor. De tez coriácea de um filho da gleba, as

mãos grossas nos joelhos, rude, possante, pensava tenazmente, perdido de nós. Por que não falava?

— Ó Gama, tu não falas? — perguntou um dos mais velhos, pensando comigo.

O Gama. Nunca mais o esqueceria desde essa manhã de 7 de Outubro, às dez horas, sexta-feira. E pela vida fora, sempre que penso no seminário, ou sonho com ele (porque sonho muitas vezes), é a imagem do Gama que me enche o sonho e o pensar, para lhes dar algum sentido.

— Perdeste a fala? — insistia o outro.

Gama não falava. Direito no encosto, tinha só aquela máscara valente de uma vingança reflectida. Por terem chegado a qualquer conclusão, habituados, decerto, a entenderem-se por sombras, alguns seminaristas entreolharam-se sabidamente, apertando os lábios na suspeita de qualquer mal irremediável.

Quando chegámos à Guarda, estava toda a plataforma retinta de fatos pretos — e foi uma invasão. Perdido naquela turba, senti-me outra vez só. Alguns do nosso grupo partiram para outros grupos; e os que ficaram, submetidos, como eu, à importância recente, não falavam. Pude então encontrar-me de novo com o meu sentir verdadeiro. Mal tive tempo, porém, de me dar à minha tristeza, que a paisagem, agora monótona, já não dispersava; porque, vingando-se da própria desgraça numa desgraça maior, alguns colegas mais velhos começaram a massacrar-me:

— Ó caloiro! Levante-se lá o caloiro!

Um sujeito alto, com a cor típica do jovem forte, quebrantado pelo vício solitário, jogou a sua importância, adiantando-se aos outros:

— Donde é o caloiro?

Fixei do grandalhão a cara e o nome, que só mais tarde, aliás, decorei definitivamente, quando veio ligar-se à minha história: o Peres.

— Sou de Castanheira — disse eu.

Quando fui para Lisboa, eu dizia que era da Beira, como diria que era de Portugal ou da Europa, se fosse para a França ou para a América, auxiliando assim a visão dos outros à medida que o mapa se afastava.

Peres quis mais informes; e o Gama, cortando abusos, declarou, com espanto meu, que eu era seu protegido. Ainda altercaram os dois, mas por fim separaram-se.

— Obrigado — agradeci.

— É um figurão — declarou-me o Gama.

E calou-se. Este termo benigno de "figurão", próprio da suavidade eclesiástica, haveria eu de saber que podia carregar-se, como toda a palavra mágica, do veneno que se quisesse.

A viagem estava no fim. Na estação da Covilhã entraram os últimos reforços. Mas já ninguém se alvoroçou. Aniquilados, tensos de expectativa, a sombra do seminário chegava já até ali, pesava densamente sobre todos. E pela tarde, ao escurecer, chegámos finalmente à estação da Torre Branca. Uma torrente negra de seminaristas inundou tudo. Dois carros de bois carregaram as sacas, sob as ordens chicoteadas do padre Tomás, e a um bater de palmas arrastámo-nos em massa estrada fora. Atravessámos, soturnos, as ruas escusas da vila, como fugidos a um qualquer crime obscuro, murmurando, furtivamente, uma conversa rezada, olhando de lado, com hostilidade, o mundo que não era nosso. Submerso na noite, perdido na confusão dos fatos pretos, que iam agora correndo ao longo dos campos ermos, eu suava de cansaço e de ansiedade. Não conhecia ninguém. Ninguém me conhecia. Os próprios companheiros de viagem tinham procurado o conforto dos amigos. Zoava em torno de mim um fervor anônimo de conversas; mas parecia-me que era por baixo das palavras que a nossa sorte comum apertava fortemente as mãos. Em dada altura, porém, e subitamente, o murmúrio das conversas baixou mais, quase tocando o duro silêncio dos corações. Suspenso e aflito, olhei atrás, aos lados, adiante. Mas sempre e só me cobria a noite plácida do mundo. Foi quando, ao vencermos uma rampa da estrada, mudo das sombras de uma espera, começou a erguer-se, terrivelmente, desde os abismos da terra, o vulto grande do seminário.

— Cá estamos — murmuraram em redor.

Quieto um momento, no longo pavor da noite, olhei do fundo da minha solidão a mole enorme do edifício e arranquei para a minha aldeia distante um grito de dor tão profundo que só eu o ouvi.

II

    Lentamente, o casarão foi rodando com a curva da estrada, espiando-nos do alto da sua quietude lôbrega pelos cem olhos das janelas. Até que, chegados à larga boca do portão, nos tragou a todos imediatamente, cerrando as mandíbulas logo atrás. Enrolado na multidão silenciosa, fui subindo a larga escadaria em cujo topo um padre quieto, de mãos escondidas nas mangas do *viatório*, ia separando as divisões para as respectivas camaratas. Mudos e quedos, ao pé dos muros, apareceram-me ainda, ao longo do corredor, vários padres de sentinela. E na pura ameaça do seu olhar de sombra eu sentia, mais escura, a grandeza ilimitada de um pavor abstracto. Fiquei na 3.ª Divisão, entre os mais miúdos, com lugar na camarata logo ao fundo do corredor. Doeu-me um tanto separarem-me do Gama, que, de voz entroncada e três anos de estudo, tinha já de ficar na 2.ª Divisão. Em todo o caso, como a sua camarata pegava com a minha, podia vê-lo de perto atravessar de coragem o nosso espanto e alarme, ao passar para o dormitório, na retaguarda da forma. Foi assim, como depois contarei, que durante os recreios nós pudemos cruzar-nos nos corredores desertos e eu me fortaleci na raiva pura que ele tinha.
    Marcada a cama de cada um, voltámos à sala de espera para recolher a bagagem. Tivemos de ceder a primazia aos mais velhos, porque só eles tinham pulso e experiência para decifrar aquela barafunda. Fui dos últimos a avançar. Rolada a pontapés e puxões, suja, com um rasgão à boca, lá achei a minha saca, escondida atrás de um banco. Tomei-a às costas e levei-a, angustiado de um súbito amor pela sua voz fraterna desde quando? Sei que depois ainda fomos à capela e nos despimos, com um cerimonial esquisito, antes de dormirmos. Mas

nessa altura, pesado de sofrimento, um grande apelo final de silêncio e desistência subia para mim desde as raízes da noite. E fechei os olhos.

E adormeci.

*

Aberta de liberdade, a minha aldeia reverdecia, na força da Primavera, pelos giestais da montanha, quando o gralhar ferino da sineta me acordou.

— *Benedicamus domino* — clamou o padre Tomás para o sono do salão.

— *Deo gratias* — concordaram os mais velhos, já resignados pelo hábito.

Abri os olhos para o enorme dormitório, iluminado já, implacavelmente, a bicos de acetileno. À pressa, todos os seminaristas enfiavam as calças, com pudor, dentro da cama. Custou-me a atinar com os canos, e acabei por vestir as calças ao contrário. Pelo que, à segunda tentativa, deitei fora a perna direita, para acertar o trabalho. Mas logo o padre Tomás, surpreendendo o pecado do meu pé nu, me esmagou de respeito:

— Menino! Seja decente!

Toda a camarata me saltou em cima com a sua troça. Alguns seminaristas tapavam com a mão o riso na boca. Outros mordiam-se, estourando de gozo.

Fui o último a lavar-me. Inexoravelmente, os mais velhos, a coices de cotovelo, iam-me passando adiante. Por isso tomei o meu lugar na forma à frente, atando ainda a gravata no colarinho largo, quando já todos esperavam por mim.

A um breve bater de palmas, toda a bicha se arrastou para a capela. Aí, cortadas às parcelas, as duas filas foram-se alinhando aos lados, nos intervalos dos bancos sem encosto. Um toque de campainha dobrou-nos pelos joelhos. E foi assim, vencido,

cortado pelo meio, que eu fiquei a recordar-me para a minha vida inteira...
   Fatigado das rezas com que um seminarista mais velho nos ia remoendo a paciência, dorido nos joelhos, do chão duro de tábuas, eu escapei, através da janela, um olhar desocupado pelos castanheiros da cerca, a fila de retretes, em frente, acocoradas sobre um rego de água. Mas, imediatamente, segurando-me tenazmente por uma orelha, alguém me repuxou a cabeça várias vezes, e devagar, para a direita e para a esquerda, até ma deixar, por fim, na posição correcta. Mas o que mais me aterrorizou foi aquela súbita presença invisível do prefeito, vinda do fundo da noite, imensa, ilimitada, sem a materialização de um corpo, de um breve ruído de pés. Pelos anos fora, eu havia de encontrá--los, a esses medos, pelo escuro dos corredores, das escadarias, calados, imóveis, rondando-nos de sombra e de ameaça...
   Acabadas, enfim, as orações da manhã. Ordens de campainha para nos pormos de pé. Novas ordens para nos sentarmos. Para o topo da capela veio então um padre ler-nos a meditação. Tipo baixo, louro, de voz pequena, mordida entre os dentes, com duas pontas azuis por detrás de vidros grossos. Era este, enfim, como soube depois, o funesto padre Lino. Alçou os óculos para a testa, disse: "Da vocação sacerdotal. Primeiro ponto da meditação: muitos são os chamados, poucos os escolhidos". E longo tempo, na manhã que abria, padre Lino foi varrendo da lembrança de todos os últimos restos de férias com a vassoura áspera dos desígnios de Deus. Concluída a leitura, logo todos encravaram a mão direita no sovaco esquerdo, e descansaram, na mão livre, a fronte carregada. Um olhar pasmado para aquilo — e fiz o mesmo. Pus-me então a olhar, nos joelhos sujos, o vinco desfeito das minhas calças novas, olhei as botas ainda com graxa, e esperei, conformado, o mais que viesse.

Silêncio de catarros. Digerido o primeiro ponto da meditação, padre Lino serviu-nos o segundo. Não sei quanto aquilo durou. Sei apenas que tive tempo de percorrer a minha aldeia, de repetir, desde o abraço do Calhau, a minha viagem tão longa. Finalmente, a meditação acabou. Padre Lino desceu então a coxia, disparando, para um lado e para outro, olhares curtos como bicadas. Até que a sua voz loura cantou lá para o fundo da capela:

— Senhor Fiel: de que tratou o primeiro ponto da meditação?

Céus! Mas o primeiro ponto e os outros dois tinham tratado apenas da minha aldeia, do Calhau, da minha vida infeliz. Em todo o caso, o Fiel, numa voz de olhos baixos, disse coisas incríveis sobre a secreta vontade do Altíssimo. Segundo ele, antes de eu escabrear pelos montes, muito antes de meu pai ter partido a perna na pedreira, já Deus dera despacho ao decreto que me chamava ao Seu serviço. Isto acreditava o Fiel, sem que, infelizmente, soubesse dizer porquê. Fora das nossas vistas e da nossa razão, a Divina Providência manipulara-nos o destino como muito bem entendera. Padre Lino pareceu concordar com isso, porque não repontou. Depois de dar ordens ao Fiel para se sentar, ouvi-o, mais perto de mim, perguntar a outro seminarista:

— Senhor Amarante: o segundo ponto de meditação?

O terceiro saiu a um seminarista dos grandes. Respirei fundo e aguardei o que viesse. Veio a missa, duzentas comunhões para toda a gente e finalmente o café. Eu estava morto de fome.

III

Fomos então às camaratas para fechar as camas e vestir as blusas de xadrez. Já a manhã raiava na distância infindável da terra verde e vermelha, e, perto do seminário, ressoavam as pancadas de um tanoeiro que nunca mais esqueci. Pelas largas janelas sem portas a claridade invadia a camarata, desfazia as sombras do terror. Mas, assim mesmo, sem a imensidão das sombras, o vasto salão da minha camarata, continuado pelo outro da 2.ª Divisão, tinha uma grandeza excessiva para o meu corpo pequeno. A minha cama ficava ao pé de uma janela que dava para a cerca. Via dali a mata de castanheiros esguios subindo tristemente pela colina, no silêncio frio da manhã. Via, no largo em frente, dois brutos cães de guarda estendidos, um criado solitário rachando tocos de lenha. Longe, lá das terras do sonho, um comboiozinho silvou para os olhos ensonados da manhã. Padre Tomás bateu as palmas para a forma. E, num longo carreiro de dois a dois, arrastámo-nos pelo corredor, descemos a larga escadaria da entrada, atravessámos o salão de estudo para o refeitório. Dispuseram-nos então pelas seis filas de mesas de mármore e aí rezámos outra vez. Eu fiquei a meio da primeira fila, virado para a parede. E, uma vez mais, assim, o marulhar de duzentos seminaristas atrás, o tropear da louça no silêncio eram para mim uma presença adivinhada e sem corpo. Concretos, corpóreos, ao longo desse primeiro ano, seriam ali apenas os colegas que me ficavam defronte e os padres prefeitos que passavam à parede, vindos do seu refeitório, a palitar os dentes. Inquieto um pouco, ofereci o meu olhar solidário a quem mo aceitasse. Mas ninguém o aceitou. Aplicados, serrotando com a faca o naco de pão sobre a mesa, os mais velhos tratavam apenas de comer. Só o Gaudêncio, com quem eu ainda não falara, me pareceu reconhecer-me no seu olhar humilde e fraternal. Deus! Como éramos ambos feios! Porque a primeira distinção que eu fazia (e depois verifiquei que também faziam os prefeitos) era essa, precisamente, de alunos *feios e bonitos*. Decerto porque a maioria vinha da raça da gleba. Empenados, talhados à podoa, recozidos das soalheiras através das gerações, trazíamos na face negra a nossa condenação. Havia-os baixos, cheirando à terra, com dois pulsos grossos como dois eixos de carro. Havia-os altos, ossudos, com o peito largo encovado. Uns tinham a bola grande do crânio integralmente rapada. Outros, com duras repas de cabelos a enchumaçar-lhes o pescoço, abriam o seu pasmo cavernoso e lento de bichos. De olhar assustado e ferino, de olhar morto de boi, infelizes e inocentes, eu olhava-os como irmãos do fundo do meu sofrer.

— Para onde está a olhar? — e a palmada certa na nuca.

Quando as mesas ficaram limpas, o padre prefeito bateu as palmas. E rezámos outra vez. Depois viemos para a sala de estudo, onde nos distribuíram as carteiras. Fiquei entre o Gaudêncio e o Florentino. Houve ainda a marcação de lugares nas aulas, a distribuição das *Horas de Piedade* e do *Res Romance*, quatro recreios ao todo e três longas rezas na capela, afora outras rezas miúdas, espalhadas pelo dia adiante. E, às dez da noite, vencidos, sovados de alarme e de cansaço, metíamo-nos todos na cama, para tirarmos as calças e dormir.

Mas eu não dormi. Fiquei ainda ali longo tempo, sozinho, perdido no meio da noite, sem esperança. Padre Tomás, apagadas as luzes, vigiou ainda a camarata, passeando pela coxia, como um deus da escuridão. Depois meteu-se no quarto, que era uma espécie de biombo rectangular, acendeu e apagou o candeeiro, deitou-se também. Na massa enorme do silêncio, apenas de vez em quando os grandes cães uivavam na cerca para o escuro da mata, ou um carro alucinado investia pela estrada que nos passava defronte. Aberto a espaço e a augúrio, eu olhava, suspenso, o sono dos companheiros, e em breve à minha volta tudo tinha um sinal de morte... Então, mais forte que a minha vontade, outra vez me cresceu das raízes da minha miséria um gosto quente de sofrer. Mas lutei, ah, lutei! E disse a mim mesmo: "Não chores. Vê se és capaz de te aguentar, vê se és capaz". Mas era de mais para mim. Sim, ainda fiz uma promessa de dez tostões ao Santo António da minha aldeia, se não sofresse... Impossível. O salão era excessivamente grande para mim, os cães ladravam para o agouro das trevas, eu estava só no mundo. De longe, da minha infância perdida, veio a ternura da memória, a face cansada de minha mãe, a luz suave de tudo para nunca mais. E uma saudade densa caiu-me, como um peso, na alma. E chorei longamente, um choro recolhido, só choro para mim. Chorei quanto pude, até que a noite foi minha irmã e eu fui irmão da noite, um diante do outro, calados e de mãos dadas. Então lembrei-me, por entre o pranto. De um pequeno saco de figos que minha mãe me dera à despedida. Procurei-o na saca de roupa, puxei-o para a cama. E o saber deles, que me encheu a alma, trouxe-me a presença de um carinho morto, como se minha mãe ali me estivesse velando e houvesse ainda aldeia à minha volta...

IV

Brincávamos lá em cima, numa clareira da mata, donde se via bem a nossa distância do mundo. Olhando para o vale, ficavam-nos à direita os montes da Gardunha, à esquerda, incrustado na montanha, o sinal da Covilhã, e em frente só o ermo da lonjura, ampliado ainda às vezes pelo adeus do comboio. Por um instinto milenário, agreguei-me ao Gaudêncio, não bem por ficarmos juntos no salão de estudo, mas por ele ser pobre e desajeitado como eu... Nesse segundo dia correu pelo campo de recreio uma fúria inquiridora, organizada pelos mais velhos: "Donde é?", "Como se chama?", "Que é que faz o seu pai?"

Era duro. Ficava ali tudo ao sol, a sangrar.

Gaudêncio, depois do interrogatório, desapareceu. Procurei-o pela mata, até que enfim o encontrei, sozinho, pensativo, encostado ao toro de um castanheiro. Sentei-me ao pé dele e não dissemos nada. À nossa volta crescia a ameaça de um Outono pálido, profundamente cansado, cheio do aroma de todas as coisas mortas. Os castanheiros esguios, errantes pela colina, vagos, desencorajados, desfaziam-se lentamente das folhas amarelas, como quem desiste de tudo. No céu húmido e densamente azul, um sol taciturno aguardava, sem interesse, o fim do dia, como um velho inválido numa cadeira de braços, que já não tem projectos para amanhã. E para o fundo do vale, como para uma sepultura, descia uma neblina espessa que amortalhava para sempre a memória de tudo. Fitei Gaudêncio, mas ele não desviou os olhos da sua amargura. Tomei-lhe então a mão em silêncio, e pareceu-me que assim ficávamos mais defendidos contra o terror, excessivo para nós, de haver distância e gente estranha a cercar-nos a vida. Mas, quando voltei a encarar o Gaudêncio, um choro manso, longínquo, que não tinha em conta a minha presença ali, descia-lhe, abundante, pela face. Apertei-lhe a mão com força, supliquei:

— Não chores, Gaudêncio.

— Quero-me ir embora — disse-me ele, mas com o desespero submisso de quem sabia que isso já não era possível.

Gaudêncio dava-me a oportunidade de eu ser ali o mais forte, só porque ele chorava e eu não. E então eu disse:

— Tu vais ver que depois as saudades passam-te. É só agora no começo.

— Porque é que o menino está a chorar? — perguntaram detrás.

Virámo-nos em sobressalto. De apito na mão, padre Canelas cobria-nos de agoiro. Mas, contra toda a minha medida de coragem, Gaudêncio voltou para ele a larga face molhada e declarou:

— Quero-me ir embora.

Padre Canelas, breve, disse apenas:

— Ao fim do recreio vá ao meu quarto. E agora fazem o favor de vir brincar.

No largo de terra vermelha e batida, aberto entre os castanheiros, os seminaristas, em corridas, jogavam à barra e à bandeira. Corremos também, mas por pouco tempo, que o recreio findou logo, conforme o declarou o apito do padre. Gaudêncio foi ao quarto do prefeito e veio de lá outro. Não falou tão cedo em sair do seminário. Mas também não consegui que ele me dissesse porquê.

Precisamente durante o estudo que se seguiu ao recreio, padre Martins, exacto e magro como um artigo do regulamento, entrou pelo salão dentro, com o pasmo do pobre padre Pita, que então nos vigiava lá do púlpito, e vibrou-nos uma ordem estranha:

— Todos os meninos que tiverem comestíveis de qualquer espécie fazem o favor de ir buscá-los e de entregá-los imediatamente.

Comestíveis, padre? Sangro de surpresa e de suplício. Vários seminaristas entreolham-se, numa esperança absurda de socorro. Mas nada a fazer, amigos. Nada a fazer. Fico a vê-los de um a um, aguardo ainda um pouco. E olho ainda aos lados, atrás, batido de suspeita, sob o olhar frontal do padre Martins e os olhos escorraçados do padre Pita. Gaudêncio, que voltara do Canelas e já provara dos meus figos, olhou-me aterrado. E eu, pelo instinto da minha submissão milenária, ainda me soergui. Mas, por acaso, lá da sua carteira da 2.ª Divisão, o Gama esperava o meu olhar para injectá-lo de força. E uma súbita coragem de fúria e desespero chumbou-me ao lugar.

— Não dou! — disse eu ao Gaudêncio, pelo canto da boca.

Gama sorria, sesgado de calma e de ameaça.

Dois criados trouxeram para o topo do salão dois enormes cestos de verga. Depois, foi o largar dos despojos de um belo mundo que morrera. Até que, já limpos e com a sua confiança triste que era ainda infantil, os seminaristas regressaram enfim aos seus lugares. Então, como um vento de galerias, outra vez me trespassou a alegria escura de quem se possui inteiro num instante supremo. E à cobardia de todos, à face apavorada do Gaudêncio, eu repeti desvairado:

— Não dou! Os figos são meus!

Ah!, seriam meus, para as grandes horas das noites, dos uivos dos cães na mata, da memória solitária da minha aldeia. Seriam meus, como a certeza ofegante de que ainda estava vivo...

E à noite, após o terço, o reitor fez-nos uma prédica. Entrou clandestinamente pela porta superior da capela, rezou, pôs-se enfim de pé, em frente do altar-mor. Não era um homem alto, nem rude, nem agressivo. Tinha uma fala doce, vagarosa, levemente nasal. E, que eu saiba, nunca aplicou a nenhum aluno qualquer castigo violento. E, no entanto, à distância destes anos donde agora o estou lembrando, ele levanta-se-me ainda como o símbolo mais perfeito do terror. Porque a força que vinha dele, a espantosa dimensão do seu medo, não tinha carga de sombras, muito menos suspeitas de tortura. Não era o medo de um bruxo nem de um carrasco. O terrorismo dele era puro de silêncio. Por isso, mais grave do que tudo era "ir ao quarto do reitor". Com a força categórica de um senhor absoluto, tão evidente que discuti-la é uma hedionda blasfémia, as palavras desse homem, com silêncios para os dois lados como abismos, tinham uma seriedade prévia, total, deixando atrás de si o espaço aberto da vertigem. O que ele dizia significava bem pouco; mas adivinhava-se aí uma tal grandeza de potestade que nós tínhamos de entendê-lo pela majestade e assombro, como têm de entender-se as frases vulgares das profecias.

Foi a primeira vez que eu o ouvi falar. Mas senti-me logo duramente submetido. Na realidade, de novo, ele quase nada dissera. Praticamente, a primeira meditação sobre os desígnios de Deus já nos tinha dito tudo. Mas havia agora a mais a presença daquele homem, essa presença que decide definitivamente de um chefe, uma presença com desprezo pelas palavras, que joga a sua sorte no *estar ali*, vertical, com uma face séria desde toda a eternidade. Havia ainda figos na minha saca e um aceno de infância desde a aldeia. Mas nesse momento, diante da face irradiada do reitor, com inacreditáveis palavras de doçura como o eco suave de um muro solitário, eu senti, obscuramente, como não sei dizer, que a minha sorte era, enfim, irremediável. Quando comesse os figos do meu pecado de orgulho, poderia iludir-me sobre o meu destino; na realidade, ele estava já todo na posse de outra gente.

De modo que, nessa noite, quando nos consentiram que escrevêssemos para a terra, disse tudo evidentemente à minha mãe. Contei-lhe do que sofria, do espanto da minha solidão, das saudades grandes da aldeia. E acabei por declarar que me queria ir embora. Fechei a carta, passando na goma do sobrescrito uma camada de cola suplementar. E, para liquidar receios de violação, chapeei o fecho de selos. Ao largarmos o estudo para as orações da noite entregámos a correspondência ao padre Martins. Mas o padre Martins, frio, desumano, declarou-me:

— Toda a correspondência é entregue aberta. Não conhece o regulamento?

Aberta? Atiro a mão aflita à minha carta criminosa. Mas que fazer agora? Entregá-la aberta seria condenar-me. E, para escrever outra, não tinha tempo. Vou à minha carteira, remexo papéis, embaraçado, decido meter a carta no bolso. Porém, padre Martins, ferino e linear, perguntou-me:

— O menino não entrega a sua carta?

Emudeci. Duzentos pares de olhos saltaram-me em cima, ávidos de um escândalo que os divertisse um pouco. Odiei o padre, odiei os colegas, odiei a vida. Nome de Deus, odiei tudo. Mas o meu ódio era triste, como foi sempre. Padre Martins estendeu um braço com a mão aberta:

— Deixe ver a sua carta.

Mas eu já a ali tinha para lha entregar, ansioso por me libertar do meu pecado, confessando-o. Subo os degraus do púlpito, como de um cadafalso, e largo o papel infame. Depois, tudo voltou friamente ao ritmo normal: metemo-nos na forma, subimos à capela para as orações da noite e o exame de consciência — e deitámo-nos. Eu, porém, só de madrugada dormi, esmagado por uma noite de pavor.

V

Toda a manhã do dia seguinte esperei. A cada instante, sempre que uma batina preta avançava sobre mim, eu pensava: "É agora". Mas não era. Até que, ao fim do recreio, padre Alves, de fronte de gigante levemente vergada, pousou-me no ombro a sua larga mão e disse-me:
— Vá ao quarto do senhor reitor.
Mas logo puxando-me para si, fitando-me compreensivo:
— Que é que tu fizeste, meu filho?
Olhei sem medo aquele bom varão que me tratava por filho e confessei:
— Escrevi uma carta a dizer que me queria ir embora.
— Bah! Criancices! — exclamou já só para si.
Fitei-o, embaraçado com a sua exclamação. Mas um seminarista reclamou-o por uma encrenca qualquer na barra, e fiquei só. Desatei então numa correria, pela rampa abaixo, ansioso por liquidar aquilo. Mas justamente a meio do caminho topei com o Gama, que subia. Vinha devagar, firmando cada passo, como se receasse uma cilada a todo o instante.
— Aonde é que vai? — perguntou-me sem se voltar.
Estaquei, olhei aos lados:
— Vou ao quarto do senhor reitor.
— Não tenha medo! — intimou-me ele. — Ah!, um dia isto...
— Um dia isto o quê?
— Não diga nada! Não conte nada a ninguém!
Não conto a ninguém o quê? Gama, porém, já ia longe, o crânio cabeludo ferrado nos ombros, as mãos grossas suspensas. Parei um instante a fitar aquele morro de firmeza, mas alguns seminaristas que passavam começavam a reparar. Retomei, pois, a corrida, passei, bem atirado, a fieira das retretes, guardadas a

cada porta por um seminarista, à espera de vez. Um criado lá estava, de costas vergadas, rachando lenha na cerca; e eu, que sempre tinha para os criados que se me atravessavam na frente um pensamento de inveja, nessa manhã nem invejei. Agora, porém, que mergulhava nos longos corredores do casarão, travei o passo. Esmagava-me o silêncio, o frio dos tectos altos, o peso das traves enormes. Tomei à direita a pequena escada sombria que levava às camaratas da 1.ª Divisão e à capela. No escuro de uma sala formada por um tapume como biombo, um padre e três velhas bruxas contavam a roupa suja. Via agora, enquanto atravessava a camarata, pelo rasgão largo dos janelões soturnos, a luminosidade íntima, dessa manhã de Outono. A camarata tinha um cheiro arrefecido a camas feitas de fresco, a botas engraxadas, a urina, tinha, sobretudo, naquele silêncio expectante, um pálido odor à distância do sol e da terra vermelha que se abria para lá das grandes janelas abertas. Era tudo um sossego feliz e longínquo, uma luz irisada de inocência tranquila, na pequena harmonia dos sons familiares, como a placidez risonha de uma criança adormecida. Mas tudo isso eu descobria-o agora de dentro do alarme e solidão, perdido na distância das camas alinhadas, do tecto gradeado de traves, do silêncio dos corredores.

O quarto do reitor era ao lado da capela, justamente a meio de um corredor estreito. Parei junto da porta, aflito, apertado de susto contra a minha pequenez. Algum tempo ali fiquei, sem saber o que fazer, quase sem respirar, sentindo contra o peito o coração, como um relógio numa sala abandonada. Então ergui o braço, para bater à porta. Mas o medo galgou sobre a minha decisão e susteve-me. Finalmente, ao de leve, para não acordar a fúria do terror, bati. E, fulminante, como se já me esperasse desde sempre, a voz do reitor ordenou-me do silêncio:

— Entre.

Deus dos Infernos, entrei. Desloquei a porta e ali fiquei, pregado, sozinho em frente dele.

— Sente-se — ordenou-me o homem ainda.

Sentei-me, apunhalado de violência. Mas o reitor, que estava lendo um grosso volume, abandonou-me ali durante alguns instantes. E eu pude então repousar um pouco. Olhei a sala, sintética de arrumo e de clareza, vi, por uma porta entreaberta, num aposento interior, a colcha branca de uma cama, ouvi o tanoeiro que cantava longe, ao sol. E nesse convite familiar do ambiente, nesta súbita revelação da intimidade das coisas, ergui confiadamente o meu olhar para o homem, na esperança triste de que ele fosse humano e bom. Tinha ele os olhos baixos por trás dos largos óculos redondos, tão entregue, tão quieto, que fiquei assim a olhá-lo longo tempo, sem temor. Um desejo infinito de sossego e de doçura subiu-me, cálido, do ventre como o sonho de um afago para a nossa fronte suada. Porém, de súbito, o reitor, esquartejando o rosto numa precisão geométrica, enquadrando-o de perpendicularidade, quando eu já me refugiava no canto do meu susto, fitou-me rectamente como se desse uma tacada:

— Sabe porque veio aqui?

Calado, cosi-me todo contra o muro do meu pavor. Tinha os olhos sem governo, os braços pendentes, a boca cheia de sal. O homem repetiu a pergunta, destacando as sílabas de uma a uma. E eu então respondi:

— Sei, sim, senhor reitor. Não sei, não, senhor reitor.

Ficámos ambos em silêncio, para avaliarmos bem da minha confusão.

— Em que ficamos? — tomou o homem. — Sabe ou não sabe?

— Eu julgo que é por causa da carta. Mas não sei ao certo.

O reitor então calou-se, para que as minhas palavras se expandissem no silêncio do casarão, extravasassem de si mesmas, dilatadas de sentido. E eu, que não tinha mais nada a dizer, pus os meus olhos no chão e esperei o que viesse.

— O menino não se sente bem no seminário?

Era uma oportunidade. Ah, eu queria era paz. Escorraçado, infeliz, esmagado de solidão — mas em paz. E atirei-me sufocado:

— Sinto, sim, senhor reitor. Sinto-me mesmo muito bem no seminário.

— Então porque disse que se queria ir embora? Não o têm tratado bem?

— Têm, sim, senhor reitor. Têm-me tratado mesmo muito bem.

— Os senhores padres prefeitos não são seus amigos?

— São, sim, senhor reitor; são muito meus amigos.

— Não se dá bem com os colegas?

— Dou, sim, senhor reitor. Mas é que... Mas é que eu às vezes tenho tantas saudades!

E uma estúpida derrota já me empolgava todo, forçando-me ao choro. Desencadeei então um ataque brutal a todo o meu corpo pequeno, cravei as unhas nas palmas das mãos, aguentei-me. Mas o reitor, tendo, decerto, percebido a minha luta, afrouxou na sua atitude hirta, explicando-me agora, por frases cheias de curvas, o alto benefício de Deus, que baixara sobre mim o Seu olhar de misericórdia, a suprema dignidade do sacerdócio, o favor de D. Estefânia, essa piedosíssima senhora, que me libertara da sorte da minha raça. E, olhando no tecto a presença de Deus, ou cerrando os olhos em compunção interior, começou a contar a minha história triste, que eu ouvi atentamente, porque afinal, com grande surpresa minha, eu não a conhecia. O meu pai morrera, a minha mãe era pobre, eu brincara na lama da minha condição — sim... Mas nesse tempo de infância havia só a minha infância e nada mais. Eis que, porém, o reitor descobria agora aí o futuro que me aguardava, não bem apenas o da fome e do cansaço, mas o das trevas e da perdição. E tudo isto vinha na sua voz neutra, impessoal, de puro instrumento da verdade, com uma força incrível de exactidão e tormento. Num instante de silêncio, levantou-se-me, na doçura do sol, o bater alegre do tanoeiro. E eu senti, como não sei explicar, que o tanoeiro, e o sol, e tudo o que era do mundo tinham um vício secreto, uma sujidade intrínseca de pecado.

Voltei da reitoria sucumbido, mas cheio de gratidão; porque, depois de me ter forçado a medir o meu crime, o reitor, afinal, não me castigara. Por isso, com um secreto orgulho de ter saído incólume daquele lance perigoso, acometeu-me subitamente o desejo de clamar, para a lonjura dos salões, a bondade do reitor, a sua grandeza de senhor.

E escrevi a minha mãe. E gabei o seminário. E cantei a minha glória de futuro ministro de Deus...

VI

Silêncio. Um dia igual aos outros, penoso e triste, como as tardes de um doente condenado. Justamente, para mim, era a hora do entardecer a mais lenta e solitária. A hora do entardecer — e essa outra hora nocturna, a do último estudo, já afogada de cansaço. Mas é ainda sobretudo na primeira que eu agora relembro a minha angústia desse tempo. Deus dos Infernos! Quantas vezes eu desejei acabar! Estoirar ali quando o sol, já amarelo de fadiga, rasava o tecto do salão e vinham, lá de um longe fantástico, os ruídos breves do fim do dia. Eu poderia acabar, porque tudo estava certo. Os grandes janelões tinham os vidros de baixo velados de massa branca e só ao alto se abriam para o largo céu vazio. De vez em quando, na estrada fronteira, passava, em rajada, um carro assombrado. Eu ouvia-o crescer desde longe, inchar opacamente na investida, atravessar de roldão o nosso espanto e esmorecer enfim, devagar, na linha do seu horizonte. O que era lá de fora, embatendo contra o muro dos vidros baços, desfazia-se pelo azul do céu, numa poeira fulva e irreal. E era aí que me ficava a memória lenta de tudo.

Mas à noite, durante o último estudo, o silêncio era quase total. Raro chegava agora um ruído da rua. E ainda quando chegava, acreditávamos menos nele porque não tinha à sua volta o acorde vivo da luz. Assim, para lá dos vidros altos, ficava a noite e a morte...

Então eu concentrava-me sobre mim. Em frente, no púlpito de vigilância, o prefeito, imobilizado, rezava o seu breviário. A toda a minha volta, para diante, para trás, vagas de seminaristas e mais seminaristas, mudos, submissos, numa espera absoluta. Uma fervura anónima de folhas que se voltam, de pés que se arrastam, povoa o espaço entre os pilares altos de madeira que aguentam com o tecto, pesa sobre a atenção fatigada de todos, sobre o sono dos que tinham Geografia e estudavam de atlas aberto. A chama verde dos bicos de acetileno silva subtilmente, o tiquetaque do relógio atravessa um deserto de areia e de silêncio, caminhando sempre e sempre.

Certo dia, porém, e bruscamente, uma das portas do salão abriu-se e padre Tomás entrou alucinado. Trazia a garnacha aberta como duas enormes asas negras. De cara ossuda bem alta, os braços grandes manobravam-lhe o andamento largo. Era evidente que toda aquela fúria e decisão traziam um fito. Mas contra quem? Padre Tomás avança. Olha ao lado, brevemente, ao passar a terceira fila, e eu penso: "Desgraçado Lourenço. Tu estavas a falar para o Semedo". Mas padre Tomás não parou. Olha agora à esquerda, ou eu julgo que olha, e tremo todo pelo Fabião, que me pareceu a dormir. Céus! É para mim! Faltam duas filas, falta uma! Mas que fiz eu, que fiz? Deus do Calvário! Senhora das Dores! Dai-me raiva e coragem. Que eu não chore! Ah, que eu não verta uma lágrima de vencido! Podes arriar, padre, quanta pancada quiseres. Desde que me aguente. Foi de eu estar distraído. Pelos Infernos que foi disso mesmo. Mas padre Tomás, depois de me fitar brevemente à passagem, continuou. Santa Bárbara: era lá para trás. Nem quis olhar. Mas daí a pouco levantou-se de lá, para todo o espaço do salão, um estalar alto de pancadaria. E logo após, o padre Tomás:

— Ponha-se além de joelhos.

Foi então que, sem me mexer, vi passar-me na frente o Valério, vexado a sangue, derreado, com um livro aberto, chorando duramente. Vi-o enfim bater os tacos dos joelhos no cimento, à frente de nós todos, como um exemplo de penitência, e ficar para ali o resto do estudo. O silêncio voltou. Lentamente, o relógio, lavando as mãos de tudo aquilo, recomeçou o trotar pelo longo deserto da noite. E só então me lembrei do olho aberto em cada porta do salão, que lá do fundo, constantemente, nos espiava o comportamento...

VII

Em algum tempo depois constituíram-se enfim os *partidos*. Justamente nessa tarde, tirámos uma fotografia que tenho aqui diante de mim e olho com piedade. Doridos, necessitados, tão de longe, senhor Deus, vinha a precisão de alguns, que estalavam de abundância, mesmo assim, com o regime escasso da casa... Meu bom Gaudêncio morto. Aqui estás, na primeira fila, a face redonda de plenitude, os olhos ainda esfomeados arremessados à frente do teu violento apetite... Revejo-te, revejo-te. Olho de novo o teu cabelo grosso, espetado no ar, como o de um pobre doido inocente. E o Valério sanguíneo, coitado, tão gordo e tão triste. E o Palmeiro, o Fabião, o Semedo. E até eu, conquanto já conhecesse, desde a casa de D. Estefânia, a certeza do pão. Aqui estamos todos, desajeitados, lôbregos, trespassados de um medo antigo. Uma força surda irrompe-nos ainda até aos braços recurvos, até às mãos medonhas de ossatura ancestral. Mas essa força chega aí e aí fica, vencida, embaraçada na sua pureza, como a força de um campónio no meio de uma cidade hostil. Aqui estamos todos, ignorantes até à raiz, da estrela que nos estava fitando...

Ora nesse dia, como disse, constituíram-se os *partidos*. Naturalmente, avançámos confiados para aquilo, como para tudo o que se oferecia à nossa ânsia desarmada. Foi primeiro na aula de Latim do padre Lino. Relembro ainda a sua face prismática, o seu falar cerzido, cerrado atrás dos dentes, como um medo invisível, as baionetas apontadas dos seus pequenos olhos azuis. Tratava-se de constituir dois exércitos, duas hostes, dois partidos, enfim. Os dois cabeças de partido, os dois generais, eram eleitos por escrutínio secreto. Como é óbvio, deveríamos escolher os dois alunos mais sabedores. E assim, os dois generais deveriam ser o Gaudêncio e o Lourenço. Mas acontecia que qualquer coisa neles — a sua gordura recente, aquele seu ar anegrado e plebeu, o encaroçado dos membros — encarvoava e embrutecia o seu saber. Não assim no Amílcar, que era filho de uma farda da Guarda Republicana, nem do Adolfo, que era filho de uma loja de comércio. Neles as regras e as excepções do latim tinham um brilho excepcional, eram mais verdadeiras, eram até desculpáveis, se estivessem erradas. A ciência dos outros era maciça e brutal. Mas a destes era leve, fina — mesmo na asneira. Ninguém nos indicou os nomes deles, e todos sabíamos que não eram eles os mais dignos do comando. Mas de novo falou a voz da nossa submissão. E, esmagados por essa necessidade antiga, rendidos e maravilhados, todos à uma votámos no Amílcar e no Adolfo. Lembro-me de que um voto desgarrado que me coube desatou uma trovoada de risos. Até o padre Lino mostrou a serrilha breve dos dentes. Só tu, Gaudêncio, não riste. O voto era teu.

Depois, eleitos os generais, cada um deles escolheu um santo para patrono. Amílcar foi pelo S. Luís, esse santo melado, com cheirinho a roupa branca, segundo o Gama dizia, e pelo qual nunca tive devoção nenhuma. O Adolfo optou pelo Santo António aldeão, e só por isso eu desejei pertencer ao grupo dele.

Assim, entregue cada qual à guarda do seu santo, os dois generais começaram a organizar os exércitos. Falou primeiro o Amílcar:

— Para brigadeiro, o Gaudêncio.

— E eu escolho o Lourenço.

— Para coronel, o Fabião.

— Eu o Semedo.

Comecei a interessar-me pela minha sorte. A quem caberia? E em que posto? Amílcar e Adolfo, reflectindo sobre a potência do saber de cada um, iam agregando a si os julgados mais capazes. Quando a escolha já andava pelos cabos, os generais reflectiam menos. E um pouco ao acaso, lá fomos todos ingressando nas duas hostes. Eu calhei 2.º soldado, no partido do Adolfo, logo atrás do Tavares, que era 1.º e aí ficou todo o ano. Para caixas, que era o último posto, foram deixados o Palmeiro e Florentino. Todos rimos cruelmente da sorte desses dois; e Florentino, no seu jeito habitual de contrair-se, como se lhe fizessem cócegas, corou e sacudiu a cabeça, de olhos baixos e um breve momo na boca. Padre Lino, na sua voz cerrada e miúda, explicou-nos como trabalhavam os partidos:

— Cada aluno que deseje subir de posto pode desafiar qualquer outro de um posto superior do mesmo exército. O de um posto superior não pode desafiar o de posto inferior. Mas pode desafiar o que tem posto igual no exército adversário. Será sorteado um *santinho* por aquele exército que nos desafios com o outro exército tenha cometido menos erros.

Era uma embrulhada, padre Lino exemplificou:

— Suponhamos o Florentino, que é caixa. Pois bem: pode desafiar todos os colegas do seu exército. E pode desafiar também o outro caixa que pertence ao exército adversário. O Tavares, que é 1.º soldado, pode desafiar os sargentos, o tenente, o capitão e por aí acima até ao general do seu partido, para subir de posto. Mas não pode desafiar os de posto inferior. Pode também desafiar o seu adversário. Quando se desafiam os adversários, apontam-se os erros. E no fim da semana sorteia-se um *santinho* pelo exército vencedor. Todos os desafios são apresentados por escrito no começo da aula.

E assim nos descobrimos sob um signo de guerra... De modo que, no dia imediato, a mesa do padre Lino ficou coberta de desafios.

De certo modo, foi uma surpresa para todos nós. Porque, se cada um sabia de si, do seu súbito desejo de vencer, que era talvez a forma de uma obscura vingança, não podíamos imaginar-nos em tão vivo desassossego.

E eis pois que também eu, logo no primeiro dia, atirei o meu desafio. Mas o padre Lino, que ficara embaraçado ao ver o nosso ardor, depois de um longo minuto de silêncio, resolveu tirar dois papéis à sorte; e quanto aos outros desafios, ficariam sem efeito. Quem seriam os afortunados? Uma terrível ansiedade sufocava-nos a todos. Padre Lino tirou um papel e pôs de parte. Depois tirou outro e juntou ao primeiro. Depois emaçou ainda todos os outros desafios e, tendo-os embrulhado cuidadosamente, meteu-os no bolso da batina. Finalmente desdobrou o primeiro desafio. De súbito, estremeci: se alguém me desafiava? Se fosse o meu desafio? Mas padre Lino, com a sua voz mordida, recitou:

— João Palmeiro deseja desafiar o seu adversário.

Os dois caixas. Uma feroz gargalhada esmurrou de todos os lados os dois gladiadores. Florentino, esquivo, contraindo-se bruscamente, a cada instante, como se lhe dessem picadas, avançou para a arena, roxo de vergonha. Mas Palmeiro, com uma face rígida de quem traçou irrevogavelmente um programa, não se perturbou. E, estando ambos a postos, padre Lino deu o sinal do combate. Na grande lousa negra, um aluno, de giz erguido, estava a postos também para ir marcando os erros de cada um. Palmeiro foi o primeiro a atacar. Com o fim de desbaratar a resistência do Fiorentino, apertou-o logo com um fogo cerrado de miúdas exceções, dessas que vinham em letra mais pequena no grosso volume da gramática:

— Dativo do plural de *filia*.
— *Filias*. Não, não: *filiis*.
— *Filiabus* — arremessava o Palmeiro, radical como uma maça.

Foi-me impossível dominar uma enorme simpatia pelo desgraçado do Florentino, que já cambaleava, socado miseravelmente pelo inflexível Palmeiro. Eu detestava-o por aquele jeito ridículo de se contorcer, pelo ar adocicado que tinha sempre

na capela, e ainda por uma terrível suspeita instintiva (que infelizmente depois se confirmou) de que ele era um traidor. Mas ali, derreado de pancada e de troça, não sei que mãos de simpatia se me estendiam de mim para ele, por baixo de toda a sua vergonha, de toda a sua ignorância de regras e excepções. E sofri com ele e dei-lhe tudo quanto de afecto eu pude ainda achar no meu pobre coração...
Entretanto, porém, o terroroso Palmeiro, sem uma perturbação, sem o mais leve sintoma de piedade, malhava sempre. Já o desventurado Florentino, passivo, desencorajado, ouvia as perguntas do Palmeiro sem tentar sequer responder. O marcador, no quadro preto, registava, para o infeliz, uma fila interminável de asneiras. Na assistência, já ninguém ria, porque aquilo estava a ser apenas um miserável assassinato. Padre Lino então suspendeu o massacre e ordenou ao Florentino que tirasse a desforra. Mas Florentino, depois de uma breve hesitação, declarou que não sabia o que havia de perguntar.

— Nada, nada? — insistia o padre Lino na sua voz loura e trincada.

— Nada — declarou Florentino, erguendo o seu olhar de martírio.

— Nesse caso, façam o favor de se sentar.

E tendo desembrulhado o outro papel, padre Lino anunciou o segundo combate. Mas eu estava ainda cheio da imagem do Florentino, coberto do sangue da sua vergonha, e mal reparei no novo duelo. Foi de resto um combate sem interesse: o Neves, do meu partido, desafiava o adversário. Disseram ambos asneiras. Ficaram empatados. Houve ainda risos aqui e além — e tudo acabou.

Mas, desde então, sentimo-nos mais sós. Solidão estranha e inquieta. Como um muro, erguia-se da desconfiança mútua, do receio, da humilhação, da avidez do triunfo. Pequena guerra infantil, sim. E, no entanto, como me agride ainda de crueldade! Porque o peso da dor nada tem que ver com a qualidade da dor. A dor é o que se sente. Nada mais. Desisto definitivamente de me iludir com a minha força de adulto sobre o peso de uma amargura infantil. Exactamente porque toda a vida que tive sempre se me representa investida da importância que em cada momento teve. Como se eu jamais tivesse envelhecido. Exactamente porque só é fútil e ingénua a infância dos outros — quando se não é já criança.

Assim, no fundo da memória, levanta-se-me, nítida, a figura taciturna do Palmeiro, a miséria do Florentino, passeando, solitário, nos recreios, a face angustiada de todos, ao boato terrorista de um ataque preparado por este ou por aquele. De todos, não, bom Gaudêncio — tu estavas tranquilo.

Entretanto, Palmeiro não sossegava. Firme, virulento, secreto de perfídia, ia-se preparando, sem um desfalecimento, para novas conquistas. Víamo-lo, em todos os estudos, aplicado, decorando raivosamente, de olhos fechados, regras e excepções, tomando apontamentos das perguntas mais difíceis, armazenando munições. Corria com insistência que ele iria desafiar um dos soldados que lhe ficavam acima, talvez mesmo o 2.º cabo ou o 1.º. Como eu era do partido contrário, não tinha que amedrontar-me. Mas todos os recrutas do partido de S. Luís andavam verdes de susto. Admitiu-se que o Palmeiro sabia toda a gramática. O próprio padre Lino como poderia saber mais? Não admirava por isso que, em vez de um cabo ou de um soldado, Palmeiro malhasse num oficial superior. Constava que o Taborda, que era furriel no meu partido e rondava a amizade do Palmeiro, lhe incendiava a ambição e a cólera, fustigando-o ao desafio do Fabião, que era coronel, ou até mesmo do Amílcar general. Mas Palmeiro era prudente. Queria subir, mas devagar, firmando cada passo. Assim, antes de mais, desancara o pobre

Taveira, que era 2.º soldado, portanto meu adversário. E com a mesma firmeza cruel com que esfacelara o Florentino, filou o recruta com gana — e esbandalhou-o. E o Taveira foi de roldão por ali abaixo até ao posto de caixa. Já pelas outras divisões ia um fervor de conversas sobre a proeza do Palmeiro e a sua fúria de perdido. Entretanto, o Taborda não o deixava sossegar.

Ora aconteceu que, num dos raros dias em que não houve "desafios", padre Lino chamou o Gaudêncio à lição. Mas Gaudêncio, firmado em razões que eram só dele, falhou a uma ou outra pergunta. Palmeiro ficou doido.

Taborda, lento e ameaçador, rosnava em torno dele, numa obsessão:

— Agora ou nunca! Agora ou nunca!

Palmeiro andava doente. Já porém o seu exemplo mordia noutros, propagando a raiva a toda a parte. Muito poucos agora desafiavam os adversários, atirando-se antes posto superior.

E, de súbito, a bomba rebentou. Foi num dia triste de fins de Novembro. Recordo a chuva desse dia, lavando as grandes vidraças, recordo a lama vermelha nas barreiras da estrada, relembro os recreios, sem sol, debaixo do telheiro. Padre Lino abriu o papel. E, fitando o Palmeiro com surpresa, foi lendo devagar:

— João Palmeiro deseja desafiar o seu general.

O general? Não era então o Gaudêncio? Fitámo-nos uns aos outros. Eu detestava o Amílcar por andar sempre embrulhado nas saias dos prefeitos, por usar boina de gomos, divididos por um cordão amarelo, e ainda por ser filho de uma farda, como disse. Mas naquele instante cheguei a desejar-lhe a vitória, só porque desejava a derrota do Palmeiro. Foi um combate duro e duvidoso. Não porque o Palmeiro falhasse na gramática, mas porque era agora necessário, além disso, saber-se traduzir, aplicar de vez em quando a inteligência — o que não dava inteiramente com o seu feitio. Em todo o caso, como se traduzia pouco, o homem venceu. Nesse dia, pelo silêncio do último estudo, passei um bilhete ao Gaudêncio:

— Por quem és! Desafia-me o Palmeiro! E dá-lhe um arraial!

Mas Palmeiro, farejando o perigo, procurava agora a amizade do Gaudêncio. Alguma coisa, porém, me parecia não estar certa nas relações dos dois. Até que, num estudo da noite, Gaudêncio passou-me um bilhete:

— Amanhã.

A derrota do Amílcar alvoroçara as três divisões. Taborda olhava o Palmeiro com um orgulho criador. De modo que o desafio do Gaudêncio alvoroçou de novo o seminário. Serenamente, Gaudêncio apertou o Palmeiro com fogo à inteligência. Tradução. Justificação dos casos. Interpretação. E Palmeiro sucumbiu.

Então foi um frenesim vingador por todo o exército de S. Luís. Amílcar saltou-lhe em cima e deixou-lhe o corpo negro. Depois malhou nele toda a soldadesca. E, de degrau em degrau, Palmeiro veio rolando até ao lugar da infâmia donde partira para a aventura — e aí ficou para sempre.

VIII

Por fim, o dia de férias chegou. E há quanto tempo eu o vinha esperando! No tampo da carteira, um pouco ao lado, para que nada o tapasse, colei um calendário de Dezembro; e todas as noites, ao último estudo, eu esporeava o tempo, cortando o número do dia seguinte, às vezes de dois dias, a ver se andava mais depressa... Mas, inflexivelmente, apesar de todos os meus esforços, cada dia tinha sempre vinte e quatro horas de espera. Muitas vezes, imaginariamente, eu desdobrava os dias nas horas, nos minutos, nos segundos. E, desesperado de urgência, punha-me atento à duração de cada segundo, cada minuto, à espera de que passassem, e descobria, em suores, que os poucos dias que faltavam para as férias eram uma montanha enorme de tempo. Já a lama crespa das geadas, nos caminhos do recreio, e o manto de neblina ao longo do vale me lembravam, na garganta, o Inverno da minha aldeia, a serra livre da minha infância. Até que, certo dia, à hora da leitura espiritual, em vez dos três artigos do regulamento, um aluno de Filosofia nos leu os *Conselhos para Férias*. E uma fúria de liberdade, uma exigência sanguinolenta de fuga, queimou-me todo no peito, na língua, no estômago. Subitamente, eu pus-me a acreditar na realidade do mundo lá de fora, na realidade do tanoeiro, dos comboios do adeus e da distância. Ah!, foi horroroso esperar. Apesar de tudo, porém, no fundo de uma manhã negra, carregámos enfim as malas e as sacas no carro de bois — e partimos. Num instante, toda a estrada fronteira ao seminário ficou preta de seminaristas. Desfeitas as divisões, as amizades que se falavam por baixo do regulamento davam agora as mãos tranquilas. Foi assim que em breve o Gama se juntou a mim e ao Gaudêncio, que não seguia connosco no comboio, mas ficava na vila, onde tomaria uma camioneta. Quando transpus a porta do seminário, apeteceu-me brutalmente largar um berro de triunfo para os confins do meu medo. E a minha voz chegou à garganta e o meu gesto à ponta dos dedos. Mas uma força estranha vinda lá detrás, do grande casarão, de todos os pares de olhos dos prefeitos ausentes, da minha submissão antiga, coalhou-me o desejo e a esperança de o libertar. Assim, quando passei à boca da vereda que levava ao tanoeiro, e olhei a casa e o quintal adormecidos, admiti, sem surpresa, que tudo era ainda infinitamente longe. Lembro-me bem de que muitas vezes, ao passarmos perto do tanoeiro, eu *duvidava* da sua existência, desejava tocá-lo com as mãos para ter a certeza de que era real; como quando um avião caiu perto da minha aldeia e todo o povo correu para ele, satisfeito, a fim de tirar a limpo se essa coisa dos aviões existiam e levavam gente dentro... Mas justamente agora, que eu podia fazê-lo, nem o tentei. Uma distância intransponível separava-me do homem para sempre. Era a vigilância feroz, já anterior ao tempo, vinda lá do seminário, mas era sobretudo a feição especial que começavam a ter para mim, como já disse, os homens, as mulheres, tudo o que era do mundo.

Ao chegarmos à vila, já a manhã se desprendia inteiramente da noite. Um frio vapor de névoa subia no silêncio para a ternura do céu. E um calor íntimo de conforto, como um bafo na face, crescia no meio do sentido de tudo isso. Espalhadas as malas e as sacas pelo chão, Gaudêncio recolheu a sua e disse-nos adeus.

— Escreve — acrescentou.

— Está bem, Gaudêncio. Eu hei-de-te escrever.

Gama então tomou-me à sua guarda. E lá o segui, derreado pela saca, até a um compartimento de terceira. Mas, arrumada a bagagem e ocupados os lugares, o Gama atirou-se para o poço do seu silêncio, como se o seu ódio clamasse fadiga e esquecimento — e para lá ficou. Não o perturbei; e, abrindo um navalhão de cabo de osso, tomei logo a merenda que o seminário me fornecera. Um fino raio de sol penetrou devagar, no alto da carruagem, como criança que olhasse do limiar de uma porta. Em torno de mim havia uma alegria travada, de arrumações e abraços. E, na plataforma da estação, batido pela azáfama dos fatos pretos, padre Tomás tinha agora uma virulência, inútil como um criminoso preso. Então, suspenso da harmonia e confiança de tudo isto, sosseguei.

— Se quer a minha merenda, tem-na aí — disse enfim o Gama.
— Não quero, não, obrigado. E então você não come?

Gama fez um breve gesto de ombros e não respondeu. O comboio aprestava-se para a partida e as janelas tapavam-se de seminaristas. Finalmente começou o passe-palavra das gaitas e assobios até ao apito da máquina, que aos sacões lá arrancou. Então os seminaristas que partiam disseram adeus aos que ficavam, disseram adeus à estação e à lembrança de si próprios como se partissem para sempre. Sentados outra vez, lá fomos passando por Alcaria, Covilhã, Belmonte... Um seminarista pediu-me que visse as horas no relógio da estação de Alcaria. E eu fui ver. Mas não havia relógio e todos os seminaristas riram moderadamente.

Batido da manhã na face direita, as mãos grossas no cabo do guarda-sol, os dois chapéus na cabeça. Gama não falava. Tinha só aquela máscara tão perfeita de uma valentia pronta. E só por essa confiança eu o sentia como irmão.

Ao longo das estações, o comboio ia largando seminaristas e mais seminaristas. Eu via-os atravessar as plataformas, carregados de bagagem, trôpegos, alvoroçados de pânico num ambiente hostil. Diziam-nos adeus de longe, brevemente, num receio tolhido de revelarem em público o nosso destino comum. Lembro-me de que na estação da Covilhã, quando três seminaristas se despediam da carruagem, um patife de ganga atroou a gare com um grito de corvos:

— *Quá, quá! Quá, quá!*

Um padre, que descia também, apressou o seu passo recolhido, coberto pela garnacha, e desapareceu. E os três seminaristas, vexados a sangue, abreviaram as despedidas, baixaram as cabeças e com as sacas na mão fugiram pela porta de saída. Uma súbita cólera inflamou-me como um álcool. E pensei ardentemente: "Vá chamar corvo ao seu avô". Mas tudo ali jogava tão certo — a ofensa com a sua aceitação — que não falei. Porque os homens sorriam tranquilos, um pouco tolerantes, como numa brincadeira de crianças. E os seminaristas, acabrunhados de negro, tinham o aspecto triste de vítimas, não dos homens, mas apenas de um destino. Uma pena infinita, todavia, foi de mim para eles e acompanhou-os enquanto saíram da estação, enquanto houve sorrisos nos homens e enquanto durou no meu peito a lembrança de tudo isso. Não conhecia dois desses seminaristas; mas uma súbita solidariedade empolgou-me o coração como a aliança indestrutível de uma lepra ou de um crime...

Assim o descobrimos, um pouco turvos de surpresa, eu e o Gama, quando almoçávamos numa pensão da Guarda. Tinha-se estabelecido uma carreira de camionetas que passava pela minha aldeia e perto da do meu amigo. Subimos por isso à cidade, abandonando o comboio. Gama conhecia uma pensão barata ao pé do quartel e para ali fomos com a nossa necessidade. Então, ao desdobrar dos guardanapos, um sujeito engordurado, que já estava comendo e estalava de carrascão, apertou-nos de interrogatório. Se éramos seminaristas. Quantos anos tínhamos. Que é que se ensinava no seminário. E por aí adiante. O Gama pouco falava. Mas eu, atormentado pelo desejo de fazer as pazes com o mundo, respondia sempre ao homem até deixá-lo satisfeito. A cada resposta minha, o homem ficava silencioso, mastigando devagar, com a pálpebra corrida. E, por instantes, um aroma de harmonia familiar penetrou-me o corpo todo, perfumou-me a alma de ternura. Eu vergava-me para a frente, ávido de concórdia, fitava aquele desconhecido e esquecia-lhe a face túmida de carnalidade e torpeza. E, de uma vez, arrisquei mesmo eu próprio uma pergunta:

— O senhor é daqui?

Mas o homem, sempre bruto e concentrado, pôs-se a escolher fruta e não respondeu. Desamparado naquele desprezo absoluto, olhei ainda o Gama, suplicando-lhe ajuda. Gama, porém, como sempre, não falou. Então, abruptamente, precipitou-se sobre mim uma torrente de vergonha e fiquei submerso. Tinha as mãos cheias de cinza, um absurdo vexame no coração. E corei, e sorri, de lástima e de infâmia. Dobrei-me para o prato e comi vorazmente, torcido de raiva e de cansaço. Já outros comensais se tinham sentado em torno da mesa oval, e o sujeito desconhecido trocava agora com eles palavras familiares. Foi quando o tipo, apontando-nos aos outros com o dedo estendido, fez considerações brutais, de uma insolência aberta, porque não tinham em conta a nossa presença ali. E blasfemou:

— Vejam vocês como neste século ainda se toleram coisas destas. Dois rapazinhos como estes metidos num seminário, que é como se fosse numa prisão.

O bandido. Uma cólera esgazeada dava-me murros no crânio. Pousei o talher e fitei o homem com um rancor velho, excessivo para o meu corpo pequeno.

E então foi como se reconhecesse nele o *inimigo*, a totalização daquilo que eu buscava para desencadear o meu ódio. E arremessei:

— Quem é que disse ao senhor que o seminário é uma prisão? Está-se lá bem. E se lá estamos, é porque queremos. Diga você, Gama: está ou não está no seminário porque quer?

— Estou — rosnou o meu amigo de má vontade.

Mas o homem e os outros homens não se perturbaram e apenas sorriram da minha fúria. Eu, porém, um pouco surpreso e tremendo ainda, senti-me satisfeito. Já, todavia, o nutrido sujeito voltava à carga, um pouco desordenadamente:

— Que andam a estudar para ministros de Deus. Calculem. Que um padre é um ministro de Deus. Isto é até fazerem-se mais do que Deus.

Reagi prontamente, perguntando se um ministro era mais que o Presidente da República — e toda a gente riu do meu desembaraço. Pagámos a conta com orgulho e retirámo-nos de peito alto. Mas, uma vez cá fora, perdidos na cidade indiferente, toda a cena da pensão me pareceu estranha, irresponsável, tramada por um demónio de injúria que se me instalasse na alma. Porque eu desejaria proclamar precisamente que o seminário era uma prisão, que um ministro era talvez superior a um presidente e tudo o mais que fosse necessário para gritar a traição à minha infância. E nada disse. E, num susto repentino, outra vez eu senti que a nossa comum desgraça era invencível como a condenação do sangue.

Pusemo-nos a vaguear pelas ruas até que chegasse a hora da camioneta. Lembro-me bem de olhar com simpatia aquelas casas soturnas da cidade, comidas de velhice, debruçadas para a rua numa conversa mútua sem tempo. O vento gelado de Dezembro esperava-nos às esquinas, de dentes finos à mostra. Uma grande mão milenária, enrugada e negra, pairava no céu, longamente, como as asas de um enorme abutre... E eu olhava o silêncio fechado de tudo isso, sentia na escuridão transversal de tudo isso, no vago halo expectante, um súbito medo da morte — e o coração parava-me de alarme.

Até que passámos pela Loja Azul para comprar *santinhos*, eu e o Gama. Lá encontrámos alguns colegas a abastecerem-se igualmente de artigos religiosos. Propus ao Gama que me aconselhasse uma boa marca de rebuçados para levar a meus irmãos. Gama aconselhou-me a opinião de um confeiteiro. E, feitas todas as compras, e percorrida toda a cidade, tínhamos ainda uma hora vazia. Então o Gama conduziu-me a um sítio recolhido da mata, com uma tal sisudez que adivinhei confidência. E tremi. Como podia eu aguentar uma confidência do Gama? Sentámo-nos numa cova, frente ao Sol, defendidos do vento e das nossas lembranças. Foi quando o Gama, na intimidade daquele conforto, me perguntou um pouco a medo:

— Ó Lopes! Você... Você gosta de andar no seminário?

Tremi. Por muito que eu estimasse o Gama, por maior que fosse a minha confiança nele, a resposta que eu desse era agora, desde a conversa com o reitor, do tamanho da minha vida. Por isso eu me calei um instante, calculando a distância que ia do que eu dissesse até à face inteira do meu amigo. E, receoso, respondi:

— Não, Gama, não gosto nada do seminário.

— Nem eu — clamou ele logo, num desaforo.

Mas, subitamente triste, declarou que a mãe dele o queria fazer padre — era assim.

— Agora vou tentar outra vez. Vou-lhe dizer que não tenho vocação. Mas, se ela me fizer voltar, então eu...

Travou abruptamente, à beira do precipício, fitando-me quase com ódio, como se eu o estivesse induzindo à confissão. Em todo o caso, perguntei:

— Então você o quê, Gama?

— Nada.

Era a Ideia, a grande Esperança que ele trazia fechada no coração a defendê-lo contra a amargura de tudo. Senti que ele precisava de repartir com alguém o peso daquele sonho. Mas senti igualmente que eu era criança bastante para o estragar e perder. Por isso não insisti. Olhei-lhe a face já devastada de fúria, olhei-lhe as mãos grossas no cabo do guarda-sol, e saudei-o apenas, com um afecto humilde, desde o fundo da minha solidão.

Pelas quatro da tarde, a camioneta partia. Era uma velha carroça sem cobertura, com bancos a toda a roda das guardas. Como a afluência era grande, os retardatários sentavam-se ao centro, sobre as malas ou no chão. Eu e o Gama ficámos à frente, junto à cabina do motorista. E assim, calados, seguros aos varões de ferro, lá fomos descendo para o vale do Mondego. A estrada serpenteava, cautelosa, colada à montanha. No vale profundo, aldeias perdidas oravam de joelhos à ameaça dos montes, onde eu ia descobrindo a minha saudade antiga. Sabia que por trás daquela massa escura ficava a minha terra, e olhava-as, por isso, com gratidão. O Sol tombava já rapidamente, de modo que a encosta voltada para nós era uma enorme face de sombra. Visíveis ainda, rompiam do sopé, para as alturas, estreitas veredas torcidas de esforço e de angústia. E eu sentia que no alto não desciam para o outro lado, mas subiam ainda pelo céu... De vez em quando a camioneta, ao rodar numa curva exterior, ficava suspensa sobre o abismo, subitamente integrada num sentido de grandeza e eternidade. E instintivamente eu estendia a mão, fazendo-a planar um momento sobre o vale, como se desejasse afastar-me ainda mais para o espaço aberto, ou como se quisesse acompanhar o enorme gesto da tarde, que agora, sobre as aldeias tristes, sobre o silêncio humilde do fumo das lareiras e a certeza de que em breve viria aí a noite, ia traçando, devagar, um grande sinal da Cruz...

Até que atingimos enfim a planura. Gama, sempre silencioso, começava a arrumar a sua saca e embrulhos. Depois estendeu-me a mão, disse em voz baixa:

— Bem, Lopes, se não nos tornarmos a ver...

Tive medo de lhe responder fosse o que fosse. Num instante, senti o Gama já do *lado de lá*, e um pudor súbito socou-me o estômago, atirou-me contra os cantos de mim mesmo. Se o Gama saía do seminário, automaticamente fazia parte do *inimigo*, era do bando dos que nos insultavam de "corvos" e "padrecas", e eu devia defender-me dele com o ódio ou a indiferença. Mas, ao mesmo tempo que sentia isto, sentia-me também dobrado de pena por ir perder ali o meu melhor amigo. Então apertei a mão do Gama, e ele apertou a minha, longamente, e os dois ali estivemos a apertar a mão um ao outro como se nos estivéssemos despedindo para a morte. Finalmente, a camioneta parou para o Gama sair. Era numa curva larga, ao fundo de Celorico, onde o esperava, na estrada de Trancoso, uma rapariga embrulhada num xaile negro e um jerico pequeno. Gama saltou, tomou a saca e foi-se. Ainda o vi abraçar a rapariga, que era por certo sua irmã, e carregar a saca no burro.

Da carrada de gente que a camioneta trouxera, já pouco restava. Pelas aldeias, às vezes à beira de caminhos solitários, iam ficando, de um a um, os passageiros. Até que me vi só. A noite caíra já, uma noite fria, lúcida de estrelas, morta. Assim, quando a camioneta entrou na curva donde há tanto eu sonhara com a aparição da minha terra, um súbito desalento, feito da noite e do meu desamparo, paralisou-me de medo ou de uma indiferença profunda.

IX

Saltei da camioneta e olhei em volta a ver quem me esperava. Descobri então minha mãe, pesada, coberta de negro, e corri ansioso para ela, como para um refúgio do fim. Ela, porém, quase me não falou. E, depois de me beijar brevemente, disse-me em voz surda e medrosa:
— A senhora. Olha a senhora.
Mas a senhora, a D. Estefânia, estava já ali ao pé, cortava-me já os ouvidos com a vergasta da voz:
— Menino! Vamos!
A criada tomou-me a saca à cabeça, nós seguimos atrás. Voltei-me ainda, lá de longe, para onde ficara minha mãe. Mas só já lá havia noite. Homens soturnos, encapotados de negro, passavam à nossa beira, batendo o pau dos tamancos nas pedras solitárias. Um grande vento descia das neves da montanha, enregelava-me a face. Quisera perguntar à minha mãe pelo Joaquim, pela Maria, por tudo quanto no seminário me enchera a esperança das férias; e ali ia, afinal, outra vez só, entregue à disciplina de D. Estefânia. Casada com um capitão de tarimba, mãe de seis filhos, tinha todavia uma religião tão seca e impiedosa como uma velha virgem descarnada. Morava ela num casarão antigo junto do adro da igreja, a um canto da povoação. Um longo e escuro corredor, serpeando aos altos e baixos pela casa toda, levava até ao meu quarto, que ficava junto à cozinha. Era um quarto pequeno, pintado de amarelo, com uma janela de grades, rente ao chão, voltada para o grande quintal arborizado. Arrumei a saca, lavei-me, fui enfim cumprimentar o senhor capitão e os meninos todos. Fizeram-me as perguntas que quiseram, e D. Estefânia, que vigiava os meus actos, de

mãos dadas à frente, terminado o interrogatório, mandou-me enfim jantar:

— Comes este ano ainda na cozinha. Para o ano, comerás connosco. Um futuro ministro de Deus deve habituar-se a lidar com todas as classes sociais.

Disse esta frase complicada sem respirar, e quando acabou fui então comer. Na realidade, comer na cozinha dava mais com o meu feitio. Creio que minha irmã, que fora sua criada, já ali não estava a servir. Mas, ainda assim, eu preferia ficar na cozinha. Conhecia, aliás, todo o pessoal, desde o Calhau à Joana e à Carolina, se bem que a Carolina só agora estivesse ao serviço lá em casa. Joana teria trinta anos; mas, como fora recolhida aos seis ou sete, tinha quase a idade do mando da patroa. E Carolina, conquanto recente, tinha uma importância excepcional, porque o senhor capitão lhe apreciava o paladar. Pelo menos o paladar. Assim, pensei eu, ali na cozinha estava bem protegido.

Comi, com as duas criadas em pé, junto de mim, a verem-me comer. Fui à igreja ao terço. Tentei rezar as orações da noite e deitei-me por fim. Mas, quando apaguei o candeeiro de petróleo, imediatamente a noite e o vento entraram pelo meu quarto. Do fundo do silêncio, eu ouvia subir o clamor da ribeira que ali passava perto. Assim estive longo tempo acordado e sem sono. O vento crescia pela escuridão do quintal, encurvava-se sobre o casarão e caía adiante, solenemente, como uma vaga. A montanha filava, de enorme bocarra aberta, a voz dos grandes medos do espaço. De repente, pus-me a imaginar que naquele mesmo instante uma vagarosa mão, suada e fria, poderia vir pousar-me sobre a face. E logo, apavorado, mergulhei nos cobertores. Então vieram-me à lembrança as velhas ilustrações com que D. Estefânia me entretinha e educava. Eram imagens roscadas de terror, demónios vesgos, de olhos sulfúricos, torturas

estriadas de Inferno, relinchos esqueléticos de dentes... Para me esclarecer sobre o sentido das imagens, para que eu aprendesse a humilhar-me de medo, D. Estefânia contava-me, a propósito, histórias de condenados ao Inferno, aparições oblíquas a horas mortas, altos pavores de grandes sombras nocturnas. E agora, perdido no largo vento da montanha, eu relembrava tudo isso, aos sacões, com uma certeza brusca de facadas. Até que, aturdido de horror, sentei-me na cama, abruptamente, e procurei fósforos pela mesa. Mas não havia fósforos. Deitei-me então outra vez, estalando de atenção, aplicado raivosamente a decifrar cada ruído e cada sombra. Profundamente cansado, adormeci. Logo, porém, do fundo da madrugada, uma voz clara me estalou no quarto:
— São horas de levantar.
Abri os olhos vorazes e vi então, no limiar da porta, o esqueleto de D. Estefânia segurando um candeeiro. A luz amarela batia-lhe, por baixo, a face esburgada, comida de ira e de virtude. E quando verificou que eu a reconhecera e ouvira, avançou para a mesinha, acendeu o meu candeeiro e, tendo rectificado a chama, saiu sem mais palavra. Lentamente, batido pelo clarão, todo o quarto começou a revolver-se no escuro. Uma luz côncava e abafada envolvia-me como uma redoma suja. Pelos cantos mal iluminados, se sentia um surdo despertar de olhos lôbregos, parecendo-me que o candeeiro a meu lado atraía sobre mim, como a bichos, longos braços cabeludos de mãos aduncas. Levantei-me a toda a fúria, lavei-me, vesti-me. Atravessei depois o longo corredor, iluminando-o com o candeeiro. Todo o casarão arfava largamente, em silêncio. D. Estefânia esperava-me no escuro da porta, já pronta, de mantilha, terço e livro de orações. E, mandando-me ir à sua frente, fiscalizando-me detrás, atravessámos ambos o adro para a igreja. Num céu de

pedra, as estrelas reluziam ainda, duramente, como estilhaços de vidro num alto muro inacessível... Quando enfim penetrámos na igreja, desceu sobre mim, como um lençol de água, uma brusca frialdade de grutas. Um silêncio mortuário apodrecia ao longo dos muros ou subia largamente, de grandes braços abertos, pelo escuro das abóbadas. E, em frente de cada altar, bulia avulsamente uma pobre lâmpada, humilhada a cobre e a azeite, orando, palidamente, na imobilidade do tempo, fúnebres orações à aparição dos santos. Como o prior ainda não chegara, depois de dizer a Deus que já estava ali, sentei-me num banco, angustiado daquele vasto silêncio, um silêncio húmido, submerso, como o de um mundo a fermentar... De vez em quando, num breve ruflar de sombras, uma beata escura entrava furtivamente por uma das portas laterais, deslizava ao longo da coxia, e aninhava-se em silêncio a um canto. Já as manchas negras alastravam à minha roda e o relógio do campanário batera as suas horas velhas, emperradas de ferros. Um visco negro de sapos solitários e de asas de morcego humedecia-me agora a boca, rodeava-me a garganta como um vómito, e as pancadas do grande relógio de pesos descompassavam-me o coração. Impaciente pela vinda do prior, olhei atrás, quando ouvi novo rumor de passos. Mas D. Estefânia, breve, tocou-me ligeiramente a cabeça, ordenando-me compostura. Finalmente, o padre chegou. Vasto, pesado, mais sombra do que a sombra das beatas, caiu a todo o peso para o fundo de uma reza interminável, enquanto a madrugada se foi erguendo atrás dos montes, foi descendo pelos córregos, encostou enfim a face branca de geadas aos vidros da igreja. Lentamente, os morcegos das cúpulas foram-se recolhendo, o silêncio das naves clareava do terror. Já a meditação terminara, já terminara a longa fieira de rezas aos santos que o prior fora conhecendo pela vida fora, já enfim a missa ia chegando à comunhão. Como era eu quem segurava a patena, foram-se-me abrindo diante as bocas de todas as devotas. Pude então reparar na língua de D. Estefânia, que era esponjosa, recortada aos bicos como as bordas de certas fotografias, coberta de uma capa esbranquiçada, e com uma grande fenda ao comprido. À aproximação da hóstia, toda ela tremia carnalmente. Qualquer coisa de disforme se me revelava assim, repentinamente, naquela boca aberta, de língua à mostra. Porque, para mim, D. Estefânia, sobretudo na memória do seminário, tivera sempre uma cara empedrada, óssea, travada de nós em toda a parte. E ali estava agora de boca escancarada, como num consultório médico. Enfim, a boca fechou-se, os braços fecharam-se sobre as costelas do peito, e toda a severidade de D. Estefânia se lhe restaurou até aos pés. Assim o reconheci quando ela entrou na sacristia, ao fim da missa, para trocar opiniões com o prior sobre o meu regime de férias. Ali estive, com efeito, entre os dois, assistindo, como um réu, sem abrir boca, à decisão do meu destino.

— Sim, sim... — dizia o prior, na sua voz trôpega e pesada.

— E ele tem saúde? Pode vir cedo à igreja?

— Saúde? Ora essa, senhor prior! Então não havia de ter saúde para vir de manhã à igreja? Eu já lhe disse: enquanto estiver em minha casa, não faltará um dia às orações da manhã, à meditação, à missa e ao terço da noite, já se vê. Sim... E a visitazinha ao Santíssimo que não esqueça. E as orações da noite. O exame particular e o exame geral de consciência. E a leiturazinha espiritual.

E como não? Para que estava eu ali de braços entregues ao longo do meu corpo, e toda a minha carne amortalhada de preto? Aceitei em silêncio, de olhar erguido para os dois, tudo o que me estavam oferecendo de morte e submissão. Um sol musculado de Inverno pulava já activamente no adro da igreja. Mas eu via-lhe as cordas dos músculos, o olhar corajoso, através das grades da sacristia. D. Estefânia adiantou ainda uma pergunta:

— E Vossa Reverendíssima entende que ele pode visitar a mãe?

— Sim, pois... sempre é mãe, decerto...

Então D. Estefânia começou a metralhar a memória de minha mãe e de meus irmãos com um fogo tão cerrado que fiquei interdito.

— Porque Vossa Reverendíssima não sabe: é uma gente que só dá maus exemplos. A mãe, se o quiser ver, pode vir vê-lo a minha casa.

— Pois sim, sim, talvez, pode ser...

E foi. Numa tarde, calada, vestida de lavado, foi chamar-me, acabrunhada, à porta da minha grandeza. Sem se mover, não ousando tocar-me, disse-me apenas "Meu filho", e ficou a olhar-me em silêncio. Eu sentia sobre mim o suplício dos olhos de D. Estefânia, que um pouco atrás assistiam ao encontro; mas, num ímpeto, levantei os braços, rebentei as cordas do medo e atirei-me a minha mãe num abraço desesperado. Imediatamente, porém, D. Estefânia cortou:

— Não, não. Aqui não. Cenas dessas, não. Vão lá para a cozinha, se querem.

Minha mãe, todavia, com os olhos molhados, mas duros de decisão, recusou:

— Ah!, não vale a pena, minha senhora. Não vale a pena, porque eu já me vou embora.

Desprendi-me dela, mas tomei-lhe logo as mãos e fitei-a e senti que o sangue dela entrava de novo nas minhas veias e passava de novo às suas, como se outra vez me estivesse aquecendo no ventre.

Nessa tarde, porém, aproveitando a licença de um passeio antes de jantar, corri a minha casa, às escondidas. Justamente, a essa hora, minha mãe, os meus irmãos e o meu tio já estavam a cear ruidosamente. Mas, assim que entrei, foi como se o preto do meu fato lhes amortalhasse a alegria. Calados, um pouco surpresos e receosos, fitavam agora em mim o que em mim viam agora de estranho e de rico. E, imediatamente, minha mãe atirou um berro contra o meu irmão Joaquim para que ele me cedesse o banco em que se sentava. Como para lhe apagar a sua presença pobre, limpou-o ao avental e serviu-mo com um sorriso humilde. Depois voltou-se para o meu tio e insultou-o por ele comer de boina na cabeça. E à minha irmã, que dividia o pão por todos, forçou-a a lavar as mãos para que eu visse que as lavava. Quando por fim tudo atingiu a perfeição, caiu de novo entre nós um pedregulho de silêncio. Aquela súbita importância que todos me concediam perturbava-me, obscuramente, de grandeza e solidão, como se num instante eu me visse coroado de triunfo, mas num reino devastado, com espectros nocturnos de ódio e de desprezo. Porque era só ódio e desprezo que eu sentia à minha volta, ali erguido sobre a tripeça do banco, como num trono de injúria. Receosos de qualquer traição que me adivinhavam no sangue, todos agora comiam devagar, travando o apetite, saltando de vez em quando sobre mim com olhares furtivos, como quadrilheiros numa emboscada. Mas que outro veneno nas minhas veias, pobre gente, senão o que é do destino da nossa raça comum e eu bebi no leite que mamei? Por isso, um grande muro negro de enormes pedras surdas começou a subir outra vez diante de mim, até a estrela mais alta da minha aflição. E era através de grossas grades de ferro, como as grades da sacristia, que eu estava olhando a minha gente, que tinha a minha carne e o meu sangue. Lentamente, porém, todos eles se foram restabelecendo. Eu tinha as minhas mãos abertas, ali, diante deles, e um olhar inofensivo e escorraçado. Foi decerto por isso que o meu tio (o tio Gorra) falou forte, por fim, encordoado a coragem:

— Deita para aqui mais feijões!
E estendeu à minha mãe a malga do seu sustento. Estremeci violentamente e fiquei a olhar, assustado, aquela fome lôbrega de queixadas poderosas, de vastos olhos hiantes por baixo da cabeleira como duas grandes tocas tapadas por um silvado. Ao urro da sua ânsia, em todos imediatamente se desapertou à vontade o desejo de me vencerem. E então cada qual começou a falar das coisas mais variadas e estranhas à minha presença ali. Meu irmão Joaquim falava da fábrica, meu tio de coisas da Covilhã e os meus irmãos mais novos de coisas da rua. Quando me vi assim abandonado, chamei a mim um dos mais pequenos e dei-lhe o cartucho de rebuçados que tinha comprado na Guarda.

— Não são só para ti. São para todos — disse eu, muito sério, atento sempre à minha gravidade de seminarista.

Mas, assim que larguei o cartucho, imediatamente se levantou um burburinho infernal, porque todos exigiam uma divisão equitativa. E, no meio da algazarra, caíram-me em cima, como cacetadas, alguns palavrões perdidos na confusão. Minha mãe estafou-se a descarregar bofetões para todo o lado, até conseguir restabelecer enfim a ordem. Foi então possível a meu tio inquirir-me detalhadamente sobre as coisas do seminário. Em primeiro lugar, uma vez que eu era seu sobrinho, queria aproveitar a oportunidade para saber de fonte limpa o que é que o padre dizia em latim lá na missa. E eu contei que o latim era uma língua muito difícil, com seis casos, e que por isso eu não sabia bem ao certo tudo o que na missa se dizia. Meu tio pareceu-me satisfeito com a minha resposta e passou a outra questão, no meio do silêncio geral. Pretendia agora saber quanto é que ganharia um padre e ainda se ele poderia vir a ser um dia meu sacristão. Mas o meu irmão Joaquim adiantou-se na resposta:

— Vossemecê sacristão? Vossemecê aprendia lá nada a ajudar à missa! Vossemecê só se fosse para comer os queijos e beber o vinho das galhetas.

— Ah, canudo, que aquilo é que havia de ser dar aos queixos! — desabafou a fome lôbrega do meu tio.

Toda a gente se rebolou às gargalhadas — até a minha mãe, que eu senti, subitamente, afastada de mim. O meu tio, porém, tragado o último copo, entrou-me pelos olhos dentro com um olhar longo de piedade, até tocar no mais fundo da minha sorte:

— Mas, mesmo com queijos e tudo, sempre escolheste um raio de uma vida, homem. Caramba! Nem ao menos podes ter uma mulher.

— Cala-te prà i, meu galego. Não lhe digas lá essas coisas — protestou logo minha mãe.

Mas toda a gente riu alto outra vez, e minha mãe também riu. No meio da confusão, outros palavrões me agrediram a soco de todo o lado. Então, desesperado, tudo em mim disse adeus à minha gente e recolhi-me de novo à minha solidão. Os olhares de todos ladravam-me em baixo, ao fundo do meu trono, onde eu os via activíssimos, sangrando de uma vingança inesperada.

— Vou-me indo — disse eu, enfim, levantando-me.

— Pois já te vais, meu filho? — perguntou minha mãe, afagando-me o cabelo.

— São horas. Lá em casa não sabem que estou aqui.

— Pois então vai com Deus, meu filho. E não te importes com o que dizem estes galegos, que isto são piores do que sei lá o quê.

Uma noite fria e serena cobria o mundo, quando saí; e uma paz nova, húmida de ternura, como o silêncio depois de um choro, envolveu-me, suave, o ermo dos meus passos. Na quietude da noite, como um regaço do fim, parecia-me que cada parte magoada da minha carne se dispersava no ar, ávida de esquecimento, e que toda a minha fadiga subia alto, como um fumo, ate à cúpula dos astros, e aí se dissipava. Já o vulto da montanha a oriente me chamava com uma voz intrínseca e original, como um olhar que nos fita e ultrapassa. Caminhei devagar, com a fronte pendida, ao longo do meu desespero resignado. Sentia-me sozinho, sem ninguém ao meu lado, nem sequer uma lembrança que me encostasse ao peito. Porque até mesmo a imagem de minha mãe se me afastara para muito longe, desfeita nas gargalhadas, como uma face em espelho de água, subitamente partida em mil pedaços por uma pedra arremessada.

Tocava justamente para o terço, quando eu chegava a casa. E já não entrei. Mas, quando atravessava o pátio e ia abrir o portão, saiu de uma das lojas, com uma criada, a filha de D. Estefânia, a Mariazinha. Era ela a única menina de todo o rancho e tinha dez anos activos. Uma força discreta de rapariga enchia-lhe já as curvas do peito e dos quadris; mas tudo o mais era nela ainda, e à flor da pele (como o reconheço agora à distância de tantos anos), uma infância sem tempo. Ora uma das graças habituais da Mariazinha era perguntar-me quando é que eu cantava missa. E D. Estefânia, que não desejava de maneira alguma estragar a graça da filha, estudou com cuidado o processo de eu dar uma resposta perfeita, mas suave como um lírio em altar da Virgem. Até que me inventou uma solução:

— Se te voltar a perguntar quando cantas missa, responde-lhe que é quando Deus Nosso Senhor quiser.

Cem vezes assim respondi. Ela pulava na minha frente, batendo as palmas, ou passava a correr no quintal, ou atirava-me a pergunta para o pátio, do alto da janela, quando eu puxava no carrinho um dos irmãos, antes de ir para o seminário. E de todas as vezes, com um sorriso infeliz, eu respondia submissamente:

— Há-de ser quando Deus quiser.

Mas desta vez, ó Céus, eu vinha tão só e tão em baixo! "Porque me ofendes ainda, menina feliz?" Ouço-lhe a pergunta mesmo na base da nuca, e fico surdo até à alma. Dói-me a garganta, o estômago turva-se-me em agonia. "Se eu venho tão triste, menina, porquê mais desprezo ainda para mim?" Estaco, violentamente, a pancada da pergunta. Mas nada digo. Porém a menina feliz tinha a sua alegria sangrenta, era bom por isso que eu vergasse até ao chão... E estava eu a abrir o portão, quando outra vez me arriou. Então foi como se uma humilhação muito grande me dobrasse até às pedras do pátio, cobertas dos excrementos dos animais... Mas bruscamente reagi: uma fúria maligna de cães raivosos esmordaçou-me a cobardia, deixou-ma a sangrar. Virei-me, de olhos cerrados, com lume na boca e nas unhas. E chorando de desespero, larguei um palavrão de todo o tamanho...

Mas, fulminantemente, abriu-se à minha volta esse silêncio absoluto que sobrevém às grandes catástrofes. Tinha medo de abrir os olhos, de encarar de frente as ruínas. E assim, atormentado pelo meu pecado de soberba, eu apenas ousava fitar o chão, à espera que o Céu e a Terra me fulminassem como era justo. Mas, como a maldição não vinha, fui erguendo os olhos devagar. E então foi uma surpresa de milagre: já não estava ali ninguém, ninguém me tinha ouvido...

De um a um, os dias de férias foram passando. Veio a noite de Natal, geométrica e límpida, como um grande cristal negro. Veio o dia de Janeiro, fresco, original, vieram os Reis Magos e a magia dos seus cantos. Aqui, neste quarto nu em que escrevo, relembro agora tudo com emoção. À dor do que passei mistura-se incrivelmente uma saudade irremediável para nunca mais. Não bem, concretamente, por este instante ou aquele, mas apenas porque a tudo envolve um halo estranho, agora que tudo me vibra na memória. Ao relembrar o passado, acodem-me subitamente instantes únicos de uma chuva correndo largamente nas vidraças, ou de um sol cálido no fumo largo da manhã, ou até mesmo de uma madrugada fria na igreja. Mas que é que, nesses instantes, realmente me comoveu? Eis porque eu me perturbo à memória da noite de Natal em que todavia eu *sei* que sofri. Assim é quase com remorso que sinto o apelo que vem das naves da igreja, relembro o frio das geadas, no conforto imaginado de um fogão. Um canto sobe de novo de uma brancura distante, abre pelo céu, desdobra-se como um sol pela manhã. Relembro a ceia quente à meia-noite, o frio branco e filtrado que me banhava a face ao abrir uma janela, recordo a grande fogueira de um tronco de árvore morta, que ali no adro se ergueu. Depois, a memória dispersa-se por instantes avulsos, mas percucientes como ciladas ao dobrar de uma esquina. E assim, ouço repentinamente, na aridez das tardes de Inverno, os tamancos solitários regressados dos campos, ressoando nas pedras do adro, ou a tosse dos que passavam nas madrugadas ásperas; rememoro os vultos dos homens, parados à beira da estrada, virados para a montanha, numa conversa muda com o Tempo; relembro a poeira fina das geadas nas sombras dos caminhos, a alegria intrínseca e serenadas das manhãs fumegando ao sol, os ventos siderais, encapotados de negro, vindos dos medos da serra, saqueando bruscamente toda a aldeia...

Estranho poder este da lembrança: tudo o que me ofendeu me ofende, tudo o que me sorriu sorri; mas, a um apelo de abandono, a um esquecimento *real*, a bruma da distância levanta-se-me sobre tudo, acena-me à comoção que não é alegre nem triste mas apenas *comovente*... Dói-me o que sofri e *recordo*, não o que sofri e *evoco*.

*

Num dia breve, luminoso, tive um encontro, sem defesa, com os meus antigos companheiros de escola. Como a casa de D. Estefânia ficava no extremo da aldeia, muitas vezes eu atravessava o quintal das traseiras, passava o arame farpado que o rodeava e metia-me pelos caminhos da montanha. Justamente eu tinha tido, de véspera, uma estranha perturbação com a Carolina, cuja memória, no seminário, tanto havia de massacrar-me. Confusamente, eu sentia já revelar-se-me no corpo o destino que era dele. Quando o meu tio Gorra lamentou que eu, sendo padre, não poderia ter mulher, foi já no meu corpo que entendi o que ele disse. Mas justamente, desde a casa de D. Estefânia, logo desde a iniciação do seminário, aprendi que era infame todo o apelo carnal.

Ora precisamente, como me sabiam algemado no fato preto, brincavam todos comigo, desafiando-me cobardemente para o terreno proibido. Eu não imaginava que isto pudesse acontecer, e tive por isso uma estranha revelação. Quando andava na instrução primária, lembro-me de alguns rapazes atirarem às raparigas que passavam gracejos a que elas não podiam responder. E já naquelas férias, uma vez que a Carolina saía de uma loja com uma pilha de lenha, o Calhau, sorrateiramente, atirou-lhe a mão aonde não devia, e disse-lhe duas palavras clandestinas. Carolina afogueada de cólera, só soube responder:

— Vá-se lavar, seu velho jarreta.

— Mas tu queres mesmo saber se eu sou velho? — perguntou o Calhau muito sério.

E Carolina embuchou. Mas, na véspera do meu encontro na serra com os antigos companheiros, Carolina procedera comigo como o Calhau com ela. Depois de me servir a sopa, cruzou os braços sobre a massa volumosa dos seios e plantou-se-me diante a ver-me comer. Sempre que eu erguia os olhos, logo aqueles dois seios se atiravam sobre mim, e me inchavam nas mãos, na cara, noutros sítios. Carolina, orientada talvez pela sua necessidade, deu logo conta da minha perturbação. E brincando comigo, como se eu fosse *mais mulher* do que ela, debruçou-se para mim num segredo:

— Já te apetecia, não?

Oh, eu nem respondi.

Mas no dia seguinte, como disse, encontrei-me na serra com companheiros de escola. Fechado de resguardo e de gravidade, eu olhei-os aterrado, de esguelha, quando me descobriram sentado entre uns pinheiros. Senti imediatamente que se iria desencadear entre nós uma guerra de morte. Porque percebia que as botas e o fato preto, o luxo que me vestia, eram uma traição à nossa camaradagem antiga. Um vento soturno rosnava ao alto, nos pinheiros, uma vasta expectativa abria-se-me à roda como cratera. Na certeza brusca do meu desamparo, corro à pedrada o meu medo, e espero. Já o Pereira e o Carapinha tinham mudado de rumo e avançavam agora a direito sobre mim. Vinham descalços, cobertos de trapos, com uma corda à cinta e uma podoa. Mas, à distância de uns dez metros, pararam a medir-me.

— Então também vens ao mato, Tonho? — perguntou-me o Carapinha, a rir.

— Não. Vim passear — respondi eu, muito sério, a cortar mais conversa.

— Ele agora já não vem ao mato — adiantou o Pereira.

Sofri. Certamente eles tinham mais crimes de que me acusassem, e por isso aguardei. Os dois companheiros então deitaram-se por terra, apoiaram-se nos cotovelos, fitaram-me de frente. Um amor profundo levantou-se-me por trás do medo e da desolação, e desejei obtusamente descalçar as botas e rasgar o meu fato e ir com os companheiros pelos caminhos do nosso destino comum.

Mas, antes de eu os sentir e reconhecer como irmãos, Carapinha empurrou-me de novo para a minha sorte:

— Quantos anos te faltam para padre?

— Muitos — respondi eu vagamente.

Pereira então, como se de súbito se recordasse de qualquer ideia importante, levantou-se, veio vindo para o pé de mim e acocorou-se-me adiante, falando-me mesmo na cara:

— E olha lá: vocês lá no seminário também dizem assim palavras, assim.

E disse tudo o que lhe apeteceu.

À pancada do primeiro palavrão, saltei nas duas pernas. E calado, inundado de sangue, voltei costas para me ir embora. Mas logo o Pereira se ergueu também e olhou atrás o Carapinha, num riso de tigre:

— Dizem, Carapinha! Diz lá, Tonho! Diz lá só para a gente ouvir. Só em voz baixa, que nós não vamos contar nada.

E repetia.

Com fogo nas ilhargas, atirei-me serra abaixo. Mas o Pereira, blasfemando para toda a serra, correu logo atrás de mim.

Eu porém não parava, correndo sempre também, desvairado, varejado nos rins pelos gritos do Pereira. Saltei pedras, caí duas vezes, rasguei as mãos e a boca. Mas o Pereira não me largava, vinha sempre sobre mim a dizer coisas horríveis.

— Diz comigo, Tonho! Diz! Só uma palavrinha! Olha, só esta. Só, só esta.

Até que, suado, sujo, a sangrar, mergulhei num giestal e para aí me escondi. Os gritos do Pereira partiam de todo o lado como latidos de cães. E foi como um animal acossado que me enrodilhei a um canto e aí esperei, sem me mexer, que o perigo passasse. Quando enfim o Pereira desistiu, atirei-me de cara para o chão, e chorei. Sujo-me de baba e ranho e longo tempo para ali fico, confraternizando com a lama da minha condição. Um grande desejo de silêncio, de paz e esquecimento, caía sobre mim como a pedra de um túmulo. Já a noite se fora erguendo dos campos, pesada de sombras e de vento. E eu sentia-me quase bem, empedrado de silêncio, a carne e os ossos subitamente integrados num sentido universal, irmãos das pedras e da noite...

*

Foram breves os dias que faltavam para partir. Cumpridas as obrigações de seminarista, eu metia-me no quarto, ou sentava-me num recanto do quintal a olhar a ribeira e o tempo, ou aturava os meninos mais novos de D. Estefânia, que eram bem difíceis. Mas, em quaisquer circunstâncias, havia sempre, nos meus olhos, um adeus infeliz para os caminhos da serra, para o cadáver da minha infância.

Ora um dia a senhora, vendo-me assim tão triste e atacado do demónio da solidão, chamou-me ao silêncio do escritório, para uma conferência. Não podia eu imaginar o que pretendia ela, mas senti, no ar solene de tudo, uma estranha gravidade que nos transcendia a ambos. Estava eu no meu quarto, absorto em tudo o que acontecera nas férias, suspenso do passado e do futuro, quando a Carolina bateu. Avisou-me então do desejo da senhora e mandou-me ao escritório. Mas no escritório, de porta aberta, não vi ninguém. Compreendi então, na ausência da senhora, uma ameaça necessária para que eu tremesse tudo quanto era de tremer. E entrei. Deus dos Céus, que quereria a mulher? Mas eu estava tão farto e fatigado, que desisti de pensar. Fui de janela em janela olhar as sombras da tarde que chegava. Relembro-a agora, quase fisicamente, a essa tarde, sinto-lhe ainda a agonia afogada de cinza. Pelas altas vidraças, para sul e oriente, revejo o vulto do nevoeiro descendo da montanha, vagaroso de trevas, grave de eternidade. Em pouco tempo, os caminhos da serra, as matas, os casais dispersos desfizeram-se em espaço. E eu, pequeno, ali dobrado sobre mim, sentia-me fascinado pela face do nevoeiro avançando assim sobre a terra. Cercado subitamente daquele silêncio grande, parecia-me, como não sei dizer, que eu estava só no mundo e que de algum modo o crime dos meus companheiros, e desprezo da menina, os frios do meu Inverno eram de um tempo muito antigo e ficavam para sempre sepultos no mar de névoa. Boiam-me os olhos vagos nas sombras da sala, incha-me nos ouvidos uma zoada de presenças mortas. E longo tempo ali fiquei, escravizado ao meu medo e à minha fascinação, como quando outrora ouvia histórias de bruxas e de lobos...

Até que uma nódoa amarela veio crescendo do corredor e D. Estefânia entrou com o candeeiro na mão. Sem me dizer palavra, foi pousá-lo numa mesa ao centro, fechou a porta e sentou-se. Tinha as mãos dadas no regaço, como duas aranhas mortas, mas ainda enganchadas de um último combate.

— Senta-te — disse-me finalmente.

Sentei-me, mas bem longe, para me defender o mais possível de toda aquela ameaça. D. Estefânia, porém, rectificou:

— Não, não. Aqui. Senta-te aqui mais perto.

Ergui-me devagar, refugiei-me ainda numa sombra que por ali achei.

— Não, não. Aqui à luz, que é para te ver.

Não havia remédio. Dei a minha face inteira à devassa do candeeiro. Então D. Estefânia, agitando os dedos brevemente, começou:

— Tenho reparado estes dias que andas triste, António.

— Não, não, minha senhora — clamei, pressuroso, no pavor do que viesse.

Seca, exacta, sem se perturbar, D. Estefânia reafirmou:

— Tens andado muito triste, que eu bem vejo. Por um lado, é natural que assim suceda: as férias estão a acabar, tens de te separar de nós, tens de deixar a tua terra outra vez.

Parou. Senhor! Eu tinha, portanto, o direito de ser triste? Eu tinha o direito de ser triste e fui triste até o fim...

— Mas há tristeza e tristeza. Ora a tua é diferente. É maligna. Os demónios íncubos vieram sobre ti e enegreceram-te a alma. Talvez. Maligna. Será que tudo em minha vida veio empestado desde a raiz?

— Não devemos porém antecipar-nos aos juízos de Deus — adiantou D. Estefânia, erguendo as sobrancelhas e cerrando os olhos prudentes.

Calei-me, ah!, cosi-me todo de silêncio. Havia ali o indício de não sei que fantástico milagre e esperei. Centrado de atenção até à dor, eu olhava fixamente a face magra de D. Estefânia, toda remordida de uma frígida sisudez. E ela falou ainda na sua voz seca, picotada, definitiva em cada sílaba:

— Quando te recolhi nesta casa foi para maior glória do Senhor e maior honra e proveito espiritual meu e teu. Mas os desígnios de Deus são insondáveis e não podemos imaginar sequer tentar fazer-lhes violência. «Muitos são os chamados e poucos os escolhidos», disse Jesus. Destinei-te a seres um sacerdote de Cristo. Mas só o serás se Deus te tiver escolhido.

E outra vez o silêncio. Já a noite nos cercava por toda a parte, húmida e pavorosamente escura. Mas uma luz viva começou a ferir-me no mais fundo de mim. Era uma invisível esperança, pequeníssima, mas infinitamente aguda como um fino filamento incandescente. Ah, que aquela mulher magra dissesse tudo de uma vez! Mas ela falava agora mais lentamente, com uma astúcia de rodeios, como se desejasse atacar-me onde eu a não esperasse:

— Quantas vezes nos enganamos! Julgamos ouvir a voz de Deus e Deus está em silêncio. Mas também pode acontecer

não ouvirmos a voz de Deus, por estarmos cheios de ruídos do Demónio. Antes de te chamar aqui, pedi muito ao Senhor que me iluminasse. Mas não tenho a certeza de a infinita misericórdia do Senhor me ter ouvido. Porque há uns dias que eu me pergunto a mim mesma se tu terás afinal "vocação".
Uma brusca ansiedade apertou-me todas as vísceras. Doeram-me os rins, o estômago, um seixo grosso entalou-se-me na boca. Mas já D. Estefânia erguia os olhos do fundo do seu recolhimento e os pousava, com doçura, sobre mim:
— Que pensas tu disto, António? Sem dúvida, ainda és muito criança, para te não enganares nos teus juízos. Falei com o senhor prior sobre isto mesmo, e a opinião dele foi que te devia interrogar a ti próprio. Tu calculas o desgosto enorme que eu teria se a Divina Providência te não tivesse escolhido. Mas desgraçada de mim se eu pensasse contrariar os seus desígnios. A vida de um sacerdote é uma vida de sacrifícios. Mas um sacerdote é um outro Cristo e não há glória no mundo que se lhe possa comparar. Tu és criança, mas já podes entender isto bem. Que pensas tu? Terás ou não vocação?
Uma fúria de afogado sufocava-me. E então abri a boca numa resposta pronta. D. Estefânia, porém, num susto repentino, ergueu a mão aberta, tapou-me a cara com ela:
— Cuidado! Cuidado com o que vais dizer! Reflecte um, momento! Pede a Deus que te ilumine! Se quiseres, eu vou até lá dentro, enquanto meditas.
Mas eu tinha medo, um medo enorme que me fugisse aquela oportunidade. E, mordendo-me todo, varado de palidez, disse com voz segura:
— Eu não tenho vocação!
— O quê? Como? Não tens vocação?
E foi como se um demónio subitamente explodisse e uma fumarada de enxofre e de cinza se nos levantasse de permeio,

separando-nos um do outro. Porque levou tempo que tudo se dissipasse e de novo nos pudéssemos encarar, ali, naquela sala tranquila. Olhei então D. Estefânia, que, hirta de surpresa, nem respirava. Muda, ossificada, furava-me de lado a lado com dois olhos ferocíssimos. Tinha a boca selada, as narinas sôfregas, uma ira raiada pelas arestas da face como roda de navalhas. E desamparado, cercado de noite e de ameaça, senti que ninguém, nem eu próprio, me poderia valer. Numa voz surda, anterior a ela, inchada de profecia, D. Estefânia falou enfim:

— Desgraçado! Que destino será o teu, miserável! Roto, cheio de fome, morderás as pedras, se quiseres comer.

E depois, já mais afoita, já escarninha:

— Não tem vocação! Tem mais vocação para se encher de côdeas e de piolhos. O lorde. Não tem vocação para padre. Prefere ser doutor. A mãe vai pô-lo em Coimbra a estudar. Eh!

E logo, sem uma transição, toda frisada de gritos como se a tivessem furado:

— Pois se não tem vocação, rua! Vá lá para a fome dos Borralhos! Vá comer palha! Aqui nem mais uma hora! Rua!

E saiu, num furacão, arrebatando o candeeiro. Um tormento de moscardos e de carvões e de aço dentado endoideceu-me em agonia. Sofri, sofri. A noite veio enfim e cobriu-me, e eu ali me deixei ficar, perdido no seu regaço. Não sei quanto tempo se passou até que voltei a ouvir, ao longo do casarão, o ruído avulso de passos solitários, de portas que se fechavam e abriam, de palavras indiferentes, para o interior dos aposentos. Queria erguer-me, arrumar as minhas coisas, pedir talvez perdão a D. Estefânia, continuar a viver. Da lama amassada que eu era agora, sentia que quaisquer mãos alheias poderiam fazer o que quisessem. Por isso, quando a nódoa amarela do candeeiro veio crescendo de novo pelo corredor, invadiu-me uma quase alegria, na esperança de que alguém viesse tomar conta de mim. Podia ser a Carolina, talvez já com as minhas coisas arrumadas, podia ser, quem sabe?, o pobre senhor capitão, sempre bom no seu alheamento prazenteiro, podia ser até a menina Mariazinha que viria despedir-se de mim. Mas, com grande espanto meu, quem entrou de candeeiro na mão foi apenas outra vez D. Estefânia. Mais suave, tendo-se sentado no seu lugar, ali onde a minha miséria a desejava, declarou:

— Bem, António. Espero que já tenhas reflectido com Deus sobre aquilo que disseste. Parece-te que não tens vocação?

— Tenho, sim, minha senhora.

— Hã? Tens? Vê bem o que dizes! Se não tens vocação, ninguém te obriga a voltar para o seminário! Sem vocação, nunca! Tens realmente vocação?

— Tenho, sim, minha senhora.

Então D. Estefânia respirou fundo, os seus olhos, a sua face, o seu terror descansaram na sua mão aberta, longamente. Depois, erguendo o rosto, suspensa e duvidosa como se se readaptasse à vida, fitou-me com ternura como eu nunca supusera:

— Bem, meu filho. Vai agradecer a Deus ter-te livrado da tentação. Vai e pede ao Senhor que te defenda sempre das ciladas do Demónio. E reza também por mim, que me puseste doente.

Levantei-me, quase feliz. D. Estefânia ainda me chamou:

— Diz à Carolina que jantas hoje connosco na sala.

X

Parti de novo para o seminário por uma grande manhã de nevoeiro. Lembro-me bem da terra húmida, esponjosa de morrinha, dos troncos nus de Inverno, escorrendo aguaceiro, das aparições fantásticas que atravessavam encapotadas a fumarada da névoa, batendo tamancos no silêncio das pedras. Lembro-me bem dessa hora oca, irreal, com vultos de bruma vagueando sem destino, cruzando-se perdidos uns dos outros, e que eu via surgir perto, à boca das ruas, para logo se sumirem na vaguidão do mundo. Dessa vez, D. Estefânia não veio à camioneta. Vim eu sozinho, de gorra ferrada até às orelhas, mala rija na mão. Da minha gente também não veio ninguém, nunca soube porquê. E foi assim, fechado com a minha sorte, que se decidiu a partida. Felizmente tinha sido substituída a caranguejola de tábuas, em que viera para férias, por uma camioneta decente com tejadilho e estofos. Sentei-me à frente, ao pé de uma janela, e dali disse adeus à montanha desaparecida no céu, aos quintais alagados de nevoeiro. Só então, no torpor da humidade quente, do surdo roncar do motor, eu comecei a recordar o destino do Gama, a face amiga do Gaudêncio, a quem afinal não escrevera. E, se bem que o seminário me não fosse já estranho, e eu portanto avançasse para ele sem o medo antigo, a perda do bom Gama, tão forte e tão sério, deu-me pena. Nunca mais eu o veria no encontro dos corredores, nos caminhos do recreio, no grande salão de estudo. Assim eu ia pensando, enquanto atravessávamos aldeias sobre aldeias, perdidas na manhã aziaga, com homens soturnos entrando e saindo da camioneta, e um pesadume de cinza no enorme espaço vazio. Até que, na curva larga abaixo de Celorico, um pobre burro taciturno veio emergindo da espuma nevoenta com um homem e uma mulher parados ao pé. Uma alegria de delírio queimou-me todo como um álcool. Saltei frenético à porta, berrei para a madrugada:

— Gama! Estou aqui!

Senhor Deus, era ele! Mas o Gama, sem sequer erguer os olhos, tomou a bagagem em silêncio das mãos da rapariga e sentou-se ao pé de mim.

— Gama! — murmurei, ofegante. — Então você... Então você ainda volta? Não deixou afinal o seminário?

— É como vê — respondeu ele com rancor. — Ah!, mas vão-se achar ao engano.

Então contei ao Gama o meu lance com D. Estefânia, por me parecer que assim nos sentíamos mais unidos. Gama rodou a sua cabeça de pedra e sorriu. E eu senti-me mais feliz como se um mesmo manto nos defendesse a ambos do Inverno. E, no quente desta cumplicidade revelada, Gama profetizou-me estranhamente um milagre:

— Você não diz nada do que lhe vou dizer? Jura-me que não diz?

— Juro, Gama. Juro que não digo nada a ninguém.

— Mas veja lá! Jura com certeza?

— Juro às cinzas do meu pai, Gama.

— Bem. Então o que eu lhe quero dizer é só isto: dentro de um mês você sai do seminário.

— Saio como?

— Não me pergunte mais nada, porque não posso dizer. Mas o que lhe garanto é que dentro de um mês...

Não acabou. Era ainda o segredo, o terrível segredo que há muito o atormentava e já de uma vez estivera quase a revelar-me. Dei voltas ao meu juízo, mas nada descobri. Já a camioneta gemia na escalada da serra para a Guarda e um desamparo maior nos despojava de nós próprios no silêncio recolhido de todos os passageiros, suspensos do abismo do longo vale submerso.

Uma chuva miúda batia-nos agora de frente, de lado, escorria largamente pelas vidraças. Até que, sofrendo sempre ao longo da rampa íngreme como se vencesse um calvário, a camioneta chegou enfim à praça da Sé e desembaraçou-se de nós, largando-nos à pressa, com todas as portas abertas. Um vento selvagem, sem cabresto, cavalgava pelas ruas, fazia distúrbios na praça, punha em alvoroço as nuvens de chuva. Desencorajado, abandonado de toda a gente que fugia pelas esquinas, olhei em roda como no centro de um deserto.

Mas já o Gama desdobrava o seu vasto guarda-chuva, de cabo grosso como um tronco, e me recolhia à sua protecção.

— Aonde vamos almoçar?

— Trago farnel — disse-me o Gama. — Mas vamos comê-lo aí a qualquer parte.

Eu tive medo que ele me arrastasse à pensão da outra vez, mas o meu amigo sossegou-me:

— A minha ideia é irmos já para a estação. Há lá uma venda limpa. A gente come aí.

Tomámos outra camioneta, descemos à estação. Gama trazia meio pão de centeio, um salpicão, azeitonas e figos secos. Forçou-me a acamaradar, tendo eu pago os dois copos de vinho branco. Depois fiquei só, porque o Gama tinha de ir visitar uma pessoa da terra, para quem trazia uma encomenda de requeijões. E encostei-me aos vidros da sala, a ver passar o tempo. Na estrada em frente, amassada de lama, só de vez em quando passava alguém, fugido à chuva, ou um carro soturno, de vidros corridos, investia contra o temporal. Depois ficava só o silêncio, um silêncio afogado e húmido como um longo suor frio. Na face dos prédios alastravam manchas de água, o rodar dos carros estrugia no enlameado da rua, o meu bafo quente coalhava nos vidros turvos. E, imerso assim em humilde, com os pés frios, o sobretudo molhado, esmagava-me um cansaço profundo, um abandono absoluto da vida e da morte. Finalmente, o Gama regressou. Com as calças arregaçadas para cima dos atilhos das ceroulas, cavava poças na lama, que já lhe cobria as botas. Entretanto, porém, vindos de burro, a pé ou em camionetas de carreira, iam-se aglomerando muitos seminaristas na estação.

— O comboio é às três — lembrou o Gama. — Temos ainda uma hora, mas é melhor irmos indo.

E fomos. Tirámos o bilhete, carregámos a bagagem para a plataforma e aí esperámos. Havia agora à minha roda o conforto de um destino igual, o destino de todos aqueles fatos pretos. Mas eu estava sozinho para sempre. Sentado num banco, fiquei a olhar os comboios que chegavam ou partiam, dizendo adeus ao seu adeus. Até que chegou o nosso. Invadimos uma terceira, sujando tudo de lama. Um alto burburinho de berros e correrias abalou a carruagem. Era um ruído exterior, deliberado, como surriada de latas à nossa própria sorte. Mas breve o silêncio nos cobriu a todos, com um sorriso de tolerância, e cada um de nós recaiu na sua solidão. Então o comboio arrancou aos tropeções e lá nos foi arrastando ao longo da tarde escura, revolvida de vento e de cinza. Para lá dos vidros corridos, a chuva não cessava em toda a vasta extensão dos campos abandonados. Breve as lamparinas de azeite se começavam a acender no alto do tejadilho e a noite vinha aí, de capuz, escorrendo também aguaceiro. Fechava-se agora sobre nós, mais opaco, o escuro do silêncio, com chuva e desamparo a toda a volta, o trepidar da carruagem na sua marcha sem fim. De vez em quando, na paragem de estações solitárias, um vulto abria uma porta à procura de lugar, e um vento fresco de água entrava de roldão. Mas a carruagem ia cheia e a porta trancava-se de novo sobre o bafo quente de todos, sobre a luz triste das lamparinas — tão como a luz de uma leva de condenados... A memória do seminário já nos ameaçava de perto; mas, cansados do massacre

do comboio e da dor das lembranças, quase desejávamos que o tormento acabasse. Foi assim que, chegados à Torre Branca, todos desembarcámos, submissos, sem um protesto na alma. Da vila ao seminário eram ainda uns quilómetros. Mas um nevoeiro de chuva pertinaz caía ainda e sempre. Não valia a pena esperar, porque desde a madrugada a chuva não cessara. Porém, todos nós, encolhidos uns nos outros como um rebanho, hesitávamos ainda. Até que o padre Tomás, avançando para a chuva, de cabeça alta descoberta, nos atirou um berro de coragem exemplar:
— Isto não mata ninguém!
E logo um tropel escuro de duzentos seminaristas investiu contra a noite. Íamos juntos, formando massa, de cabeça vergada numa decisão muda, largando atrás, na estrada que pisávamos, um lamaçal revolvido. Como toda a vila se refugiara nas casas, avançávamos confiados pelas ruas principais, silenciosos, enrodilhados de esforço, certos e negros como um enorme esquadrão de sombras. As luzes da vila começavam a rarear e a noite caiu enfim a todo o peso sobre nós. Libertos agora totalmente da ameaça do mundo, os mais velhos aceleraram o passo. De calças arregaçadas unidos e ofegantes, logo todos forçámos o andamento, enquadrados por quatro padres de longos *viatórios* negros. Mas nós, os mais pequenos, não aguentávamos a marcha e começámos a baralhar os passos da coluna. Corria-me um suor desesperado com a baba da chuva, e os pés rendiam-se-me ao lodaçal do caminho. O meu amigo, porém, encorajava-me, sustendo-me pelo braço, suprindo às minhas forças. E assim fui, quase de rastos, atravessando a noite e a tempestade, perdido no confuso tropear de todos... Quando enfim chegámos ao grande casarão que já nos estava esperando na curva costumada, todos nós nos atirámos para um fundo esquecimento de Deus e do Inferno, da vida e da morte.

E foi assim que eu disse ao Gama um adeus urgente, desesperado de tudo, sem de longe imaginar que nunca mais, até hoje, voltaria a conversar longamente com ele.

XI

E, lentamente, tudo recomeçou. Quando ergui os olhos, pela primeira vez, e vi o prolongamento infinito dos três meses futuros, tão frios e tão vastos de corredores e salões, senti-me desolado. Era como se tivesse conquistado a liberdade nas férias do Natal e de súbito ma roubassem durante um sono indefeso. Não me era agora possível acreditar que houvesse férias outra vez depois de um terror longo de noventa dias. Tanto me dera à esperança do Natal, que a vivera como um fim. Onde tinha agora forças para acreditar noutro fim?

Mas este novo período ou nova "época", como nós dizíamos, havia de perturbar-me de tal maneira que a iria viver num fogo. Lembro-me bem de que logo nessa noite, ao jantar, quando olhava atrás o salão, reparei em duas vagas na 1.ª Divisão. Havia na mesa dois talheres sem dono e isso alvoroçou-nos a todos. Porque imediatamente, de boca em boca, a nossa voz prisioneira cantou a glória desses dois seminaristas que não tinham regressado de férias. Na impotência da cólera, sentíamo-nos esses heróis que deixavam o seminário, que iam viver, iam ser homens sem medo. À hora do almoço, embora eu tivesse de incorrer em castigo, arrisquei um olhar atrás, desvairado. Mas justamente nesse instante o prefeito mandava deslocar toda a coluna de seminaristas para tapar as clareiras. Um criado levou os talheres que sobravam, a forma foi de novo acertada, e tudo acabou.

Todavia, nessa tarde, reparei que no salão de estudo, ao meio e ao fundo da coluna da 1.ª Divisão, duas carteiras sem dono clamavam ainda a memória dos dois triunfadores. Durante largo tempo não tirei dali os olhos, cego de tentação. Não me lembrava da face desses heróis; assim mesmo, porém, o vulto da sua ausência enchia-me o salão inteiro. Eu olhava o livro que tinha aberto diante, mas um aceno antiquíssimo de uma memória amarga unia-me profundamente às carteiras pecaminosas, tão sozinhas, repudiadas na sua peste, e que, no entanto, desde o centro de desprezo, atiravam contra o céu um exemplo terrível de coragem. Que vontade eu tive então de tocá-las, de sentir a realidade da fuga dos seus donos, fulminar-me do alto do precipício com a vertigem do pecado. Já porém outros seminaristas se viravam fascinados para aquela tentação, debruçando-se para o abismo, retirando-se logo em febre.

Foi por isso preciso que o gordo padre Raposo descesse, carrancudo, do púlpito de vigilância, e malhasse bofetões no desvairo de um aluno, para que todos enfim perdessem o encantamento. Quando ao recreio da tarde eu vim à sala de estudo procurar já não sei o quê, dei com este padre prefeito, afadigado de tarefa, a mudar as carteiras malditas e a alinhar depois tudo na ordem regulamentar. Fiquei à porta, hesitante, a observá-lo naquele trabalho de pôr grades ao precipício, para evitar novos suicídios. Até que fui descoberto e uma voz grande de corredores atroou todo o salão:

— Que tem o menino aqui que fazer?

Disse o que tinha, também em voz alta, e aguardei sem me mexer.

— Pois então é levar o que tem a levar e voltar imediatamente para o recreio.

Quando regressámos ao estudo, já o sangue dos suicidas tinha sido lavado. Padre Raposo indicou aos seminaristas deslocados os seus novos lugares — e a vida recomeçou.

Mas era impossível, apesar de todos os esforços, esmagar a fúria de libertação, tornada agora plausível, iluminada agora de esperança. Ninguém falava abertamente nos dois desertores, como se fossem criminosos e o seu crime nos sujasse. Mas na clandestinidade da nossa febre nós bebíamos a memória desses valentes até à embriaguez. Sabíamos os seus nomes, os nomes das suas terras, a trama da saída do seminário. Pelo Taborda soube também que já um mês antes das férias tinha ficado assente entre o reitor e eles que não voltariam mais. Mas foi-lhes exigido um sigilo absoluto para que ninguém mais se tentasse. Porém, uns oito dias depois, fomos todos imprevistamente convocados à capela para uma prédica do reitor. Um movimento desusado de padres nos corredores, uma praga de conversas ilegais pelos cantos da boca transtornaram-me de alvoroço. Com o coração angustiado, procurei o Gama na forma. Não estava. Puxei a blusa ao Gaudêncio, perguntei-lhe com a ajuda dos olhos:

— Viste o Gama?
— Não vi. Cala-te.
— Mas que é que se passa?
— Não sei. Cala-te.

Excitados, batidos de uma vigilância nova dos prefeitos, lá fomos para a capela, baralhando a forma com a pressa. Era impossível dominar duzentos corações em alvoroço; e assim, conquanto esmagados pela gravidade do momento, queimados na nuca pelos olhos lúcidos dos padres, nós trocávamos breves olhares, duros de sentido, raiados de alarme. Até que o reitor chegou. Saltámos todos sobre os pés, ajoelhámos. E, feita a prece introdutória, sentámo-nos outra vez. De pé, com uma face colérica, raiada de tempestade, o reitor olhou-nos devagar, rasgando-nos profundamente, para que as palavras que dissesse nos entrassem até aos ossos. E quando, na realidade, o seu olhar me acometeu, foi como se uma espada de fogo me entrasse pela boca, me trespassasse o ventre, a fumegar... Então, presos todos em expectativa, o homem disparou:

— Quando é que esta casa de Deus se pôde considerar uma prisão?

Metralhava-nos arrebatado, desembestado de ira, para nos desbaratar previamente qualquer possível resistência. E, colhidos de surpresa, todos nós recuámos para o fundo do nosso medo.

— Quando é que o sacerdócio se considerou uma violência? Cristo disse: "O meu jugo é suave".

E pálido, possuído de cólera, foi trovejando longamente sobre as falsas e verdadeiras "vocações", a glória única de se ser na Terra um *alter ego* de Cristo, a pobre e oca balbúrdia da vida mundana. Sem dúvida: no mundo também se podia alcançar a salvação eterna. Mas quantos perigos! Quanta miséria a vencer! Ah, como se iludiam esses desgraçados seminaristas que olhavam os prazeres do mundo com imaginação infernal! No entanto, o homem terrível, de dedo bíblico no ar, admitia que para alguns de nós fosse justo e verdadeiro o grande sonho da vida. Mas ouvisse-se primeiro a voz de Deus no chão da nossa humildade. Consultasse-se o diretor espiritual. Gemesse-se vergastado a oração e penitência. E quando, enfim, tudo se tivesse esclarecido, cumprisse-se resignadamente a vontade do Alto.

Havia porém certos infelizes, desvairados pelo Demónio, que preferiam sair com as mãos sujas de crime e eram marcados para sempre com ferro da ignomínia.

— Porque a expulsão — garantia o homem à face dos Céus — é nódoa que nunca mais se apaga. Que dor! Que afronta sem nome quando um dia lá fora vos deitassem na cara este labéu sangrento: "Foi expulso! Foi expulso do seminário".

E calou-se um instante, para que todos nos imaginássemos bem enegrecidos daquela infâmia. Depois, cerrando os olhos, extenuado de emoção, convidou-nos a rezarmos todos à Virgem, com fé e humildade, pedindo-lhe protecção contra os truques do Demónio. Acabrunhados de horror, caímos todos de joelhos, de frontes submissas, e, contritos e humilhados, rezámos, rezámos, nome de Deus, rezámos. Eu via agora, aterrado, o perigo em que estivera nas férias, ao declarar a D. Estefânia, inconsideradamente, que não tinha vocação.

Mas, logo que saímos da capela e fomos para o recreio, tudo se me confundiu. Porquê aquela ira do reitor? Porquê a agitação dos prefeitos? Foi o Gama, precisamente, quem esclareceu o meu pânico. Encontrámo-nos no corredor da camarata deserta. Gama estava calmo como sempre:

— Não sabe o que aconteceu? Foi só isto: dois seminaristas fugiram de noite. Mas caçaram-nos de manhã na estação. Trouxeram-nos outra vez e fecharam cada um em seu quarto. Agora vão expulsá-los.

— Expulsá-los, Gama?

— Expulsá-los, pois. E isso que tem? Ou você julga que essa coisa da nódoa tem importância? O tipo é mas é parvo. Isso de meter medo já não pega. Conheço muitos que foram expulsos e querem lá agora saber disso. Burros foram estes mas é em se deixarem caçar. Ah!, mas isto um dia...

Não acabou ainda. E lá se foi, poderoso, reforçado sempre pelo seu mistério sombrio, esmagando o corredor de confiança. No recreio seguinte pude saber pormenores da fuga e da prisão dos desertores. Por uma noite de vento, dois alunos da 2.ª Divisão tinham saltado à cerca por uma janela rasteira. Rentes ao casarão, dobraram à direita junto à cozinha, pelo caminho das carroças que contorna o edifício chegaram a estrada. Nesta altura, os cães deram o alarme. Mas um criado, que saltou da cama, nada viu. De pés firmes na estrada, os seminaristas largaram então em corrida até rebentarem. Rebentaram precisamente antes da vila e entraram na Torre Branca a passo moderado. Ambos seguiam para o Norte e longo tempo rondaram a estação. Um criado veio à vila para compras, e lá os viu, ou alguém lhe falou neles. Imediatamente mandou recado ao seminário e se pôs em contacto com o chefe da estação. Os fugitivos foram recapturados e trazidos para trás numa carroça. Sei que toda a manhã os submeteram a interrogatórios e que o padre Tomás, que sofria do fígado, malhou neles paternalmente. Dois dias ficaram presos até virem as famílias, que malharam também o que a decência exigia. As carteiras da sala de estudo foram esvaziadas dos livros, a forma da 2.ª Divisão foi também acertada. Por uma inconfidência de não sei quem, eu soube em que quartos eles estavam prisioneiros. Era justamente à entrada da minha camarata e eu suava de emoção quando lhes passava em frente. Soturno, de vigilância calada, um padre rondava constantemente o corredor. Lembrava-me bem do olhar limpo de um dos fugitivos, e um vento de medo e entusiasmo enrolava-se-me ao corpo como se fosse minha a aventura. Foram presos, sequestrados, encerrados na masmorra de dois quartos solitários, violentados contra o ermo dos seus próprios pensamentos — e aguentaram. Padre Tomás esbofeteou-os, perdido de mau fígado — e aguentaram. Traziam-lhes o comer prisional, cercaram-nos de ódio e de desprezo. Veio uma noite abandonada, veio outro dia e outra noite. Foi só no dia seguinte que chegou a família com a sua fome lograda, essa pobre fome de queijos de presbitério, para sempre retirados bruscamente de uma boca já aberta. E a indignação daqueles santos padres e o ódio infeliz de uma fome que se não cumpriu multiplicaram-se sobre os moços em berros e bofetões. Sei que um deles, precisamente aquele de que eu me não lembrava, acutilado pelo pai, se atirou aos joelhos do reitor suplicando perdão.

— Nunca! — clamou a ira do homem toda em pé. — Seria um exemplo escandaloso. Nunca! Agora siga esse caminho de perdição que escolheu.

E ainda bem, meu amigo que não lembro. Ainda bem. Segue o teu caminho de liberdade a prumo. Que dá que sofras, que roas as pedras do teu destino ruim? É teu, pertence-te como os ossos e as tripas. É aguentar de peito aberto. Porque enfim, não valeu bem a pena?

Eis que, porém, precisamente um mês depois, aconteceu um tacto dos mais extraordinários de toda esta história que vou contando. Por esse tempo, um grande susto corria todo o seminário, porque chegara até nós a notícia de que o Mão Negra, esse célebre bandido da Beira, batia agora de crimes as terras da redondeza. Patrulhas da Guarda esquadrinhavam as moitas, devassavam as aldeias, armavam esperas pelas sombras dos caminhos. Mas, do Mão Negra, só o rasto das violências. Até que, depois de curtidas semanas de desassossego, as notícias do bandoleiro começaram a vir de mais longe. E finalmente cessaram. Admitiu-se então que o bandido tivesse sido preso, ou morto numa emboscada, ou se tivesse escapado para a guarida de Espanha. Já o nome do homem se ia apagando com o rasto dos seus crimes, quando num recreio da manhã o Gaudêncio me trouxe uma notícia incrível:

— Tu não digas nada. Foi o Amílcar que contou, disse-lhe o padre Canelas. Foi isto: o Mão Negra pôs uma carta na sala de espera a dizer que qualquer dia deitava fogo ao seminário.

— Fogo ao seminário? Mas como é que isso pode ser, se o Mão Negra morreu? Não morreu? Se não morreu, fugiu. Toda a gente sabe disso.

— Digo-te que é verdade. Foi mesmo o padre Canelas que contou. Mas não digas a ninguém.

Calei-me, sem ideias. Mas, se bem que achasse tudo aquilo inverosímil, não dormi nessa noite e foi a custo que dormitei na outra, pela manhã. Entretanto os dias passavam e o seminário não havia maneira de arder. De maneira que esqueci tudo e voltei a dormir. Mas uns dez dias depois, pelas três da madrugada, acordei em sobressalto com um alarido de gritos, de berros dos prefeitos, correrias pelas camaratas e um frenesim de sineta ba-

dalando a rebate para a noite. Padre Tomás invadia o corredor, alucinado, com a garnacha a voar, gritando para os salões:
— Água! Tragam água! Peguem nos regadores! Lá em cima! No forro! Depressa!
Ergui-me sem entender, fui descalço à busca de um regador. Mas de toda a parte rompia gente atarefada, baralhando a desorientação, pedindo água a si própria, entornando os jarros e os baldes, esbarrando contra tudo. Lembro-me ainda do padre Pita derreado com um balde, do padre Martins com um jarro correcto em cada mão, do padre Alves com uma grande mão no ar pedindo calma. O incêndio, afinal, fora coisa de nada, murchando logo à primeira investida. Mas destravada a balbúrdia, quem poderia segurá-la? Padre Tomás erguia os braços com dois regadores vazios:
— Pronto! Acabou! Não é preciso mais água!
De trás, porém, vinha ainda o alvoroço zeloso de novos aguadeiros, de ouvidos surdos, fazendo pressão. Até que a ordem do padre Tomás se propagou até eles e tudo acabou. Deitámo-nos de novo, mas nenhum de nós dormiu.

Por mim, refeito do susto, aproveitei o resto da noite para imaginar todo o grande casarão devorado pela fúria do Mão Negra e a súbita liberdade para a nossa infância. E vi, realmente, um lume secreto ir lavrando pelo forro a pouco e pouco, ir comendo as enormes traves dos tectos, alastrando como uma peste por toda a cabeça do edifício.

Raiado em ansiedade e em suplício, contemplava já os cem olhos das grandes janelas vazadas a lanças de fogo, o desespero impotente dos prefeitos, o atropelo da nossa fuga para a noite. Até que, dentro em breve, diante do nosso silêncio, tudo foi um esmagamento de ruínas, como uma enorme bota final sobre um cadáver de mãos abertas. Mas, repentinamente, tudo se me reconstruiu: as grandes colunas do salão subiram de novo até à noite, a camarata regurgitou de sombras, e outra vez os cães da cerca me ladraram no ventre. Então tive ódio ao bandoleiro pela sua estupidez, sugeri-lhe activamente alguns pontos de assalto mais eficaz, supliquei-lhe que voltasse mais vingador do que nunca.

Senhor Deus, e ele voltou! Efectivamente, oito dias depois apareceu nova carta com ameaças. Predizia-se aí que desta vez a coisa seria a sério. Mas durante uns quinze dias nada aconteceu. Até que numa tarde, pela hora do jantar, o padre Lino avançou sobre o nosso silêncio do salão, clamando desvairado:

— Fogo!

Levantou-se a turba num tropel, e eu corri também, inflamado de esperança. Desta vez, porém, como tudo estava a pé, o incêndio foi só fumo. Um tanto desalentados pelo logro, acabámos o jantar pouco depois. Mas eis que, alguns dias passados, o nosso sobressalto se renovou, não apenas porque outra carta surgira, mas ainda e sobretudo porque Mão Negra morrera. De fonte segura soubera-se no seminário que uma patrulha caçara enfim, à boca de uma mina, o célebre bandido. Acossado pela Guarda, Mão Negra refugiara-se no primeiro esconderijo que topara, ripostando sempre à carga de metralha que o saraivava. Em dada altura, porém, calou-se. A Guarda avançou e, pelo disparo seco dos gatilhos, admitiu que o bandoleiro perdera as munições com a água da mina. E liquidou-o.

Portanto a nova carta era posterior à morte do homem. Agora intimava-se o reitor a "soltar os seminaristas no prazo máximo de oito dias". Porque, findos eles, a casa iria pelos ares. Vivemos dias ansiosos. Gaudêncio, a meu pedido, tentava mil explicações daquilo tudo, mas nunca me satisfez. Procurei cruzar-me com o Gama para o interrogar, mas nunca o encontrei. E quando no salão de estudo lhe rebuscava o olhar, achava sempre apenas uma face fria de desprezo. Os oito dias passaram e o seminário não ardeu. Uma vigilância apertada de prefeitos e criados varejava a toda a hora o perigo dos recantos onde se supusesse que a coisa iria estoirar. E na sala de espera — soube-se mais tarde —, de pistola aperrada, todas as noites padre Tomás aguentava de vigília, à espera de nova carta. Até que, ao fim de uns doze dias, um clamor surdo de surpresa e de angústia lavrou por todo o recreio:

— Apanharam-no! Apanharam-no. Foi o padre Tomás que o caçou.

— Gaudêncio! Eles apanharam-no — disse eu ao meu amigo, que subia das retretes. — Mas não se sabe quem é.

— Sabe — declarou Gaudêncio, a tremer, olhando aos lados.

— Quem foi? Quem era? Diz-me só a mim. Diz-me só a mim, que eu não digo nada a ninguém.

Então Gaudêncio, muito pálido, com os olhos húmidos e sombrios, disse-me o que eu suspeitava desde sempre:

— Foi o Gama.

O Gama. Fora ele. Pelo escuro de uma madrugada destina cobriram-no de maldição e expulsaram-no do seminário. Um criado possante foi metê-lo no comboio, depois de três dias de reclusão. Padre Tomás esmagou-o de interrogatórios permanentes. Mas eu sei que o Gama, firme como o seu ódio, aguentou. Pretendia-se saber quais tinham sido os seus cúmplices, porque era excessiva aquela fúria para a coragem de um só. Gama, de dentes ferrados na sua decisão, aguentava sempre tudo, empedrado de silêncio. Padre Tomás então perdeu a cabeça e foi-se a ele com uma praga de murros. Desamparado, cercado de hostilidade, Gama defendia-se apenas com a sua ira. E, de olhar erecto, a face tenaz, suportou o arranque desembestado do prefeito. Padre Tomás, vexado por tamanha resistência, saiu da cela aos urros, com o seu ataque de fígado. Lembro-me bem de o ouvir, clamando horrorosamente para o silêncio dos corredores, quando eu ia comprar um lápis ao comércio do Pita, na camarata da 2.ª Divisão. Mas não houve fígados, nem murros, nem maldições que abalassem aquelo morro de firmeza. Todos os seminaristas seus colegas e de notas baixas em comportamento foram chamados à presença dos inquisidores. Quem tinha ajudado o Gama. Com quem dividira ele o seu sonho. Mas ninguém sabia de nada. Gama actuara sozinho, sem ajuda de ninguém, cerrado apenas no seu ódio justiceiro.

*

Relembro agora, com amargura, ermo grande que me cercou. Relembro a solidão e o medo. Porque a minha amizade com o Gama rondava-me de ameaça. Não que eu receasse ser expulso do seminário, até porque, de qualquer modo, realizaria assim o meu sonho. Mas apertava-me de angústia o susto permanente de me chamarem a contas. O medo passou enfim. Mas ficou maior a solidão. Sentia-me subitamente desprotegido, e ao mesmo tempo tinha uma inveja surda do meu amigo, que assim pudera libertar-se de tudo. No entanto, algumas vezes e por cima da amargura, o que eu sentia era apenas cansaço e desespero.

Então, pelo ermo da minha enorme fadiga, acometia-me às vezes o demônio solitário que só agora eu ia conhecendo. Vinha devagar, de olhos turvos e magoados, e vertia-me lentamente, sobre a fronte, um óleo espesso e quente. De outras vezes, sentava-se-me apenas diante, descansava o queixo entre as mãos e fitava-me em silêncio. Ou de olhar duro, serenamente cruel, esmagava lentamente nas mãos de aço o meu pobre coração, até deixá-lo numa massa de sangue, e atirava-o depois para trás das costas sem me desfitar. Eu sorria, chorava até ao íntimo dos ossos, mas abandonava-me à dor com um prazer vicioso. Muitas vezes, forçado a enrolar-me na balbúrdia dos recreios, esquecia-me dele e gritava, desvairado, o meu acesso de alegria. Mas a meio do delírio, subitamente, eu via o meu demónio encostado a um castanheiro, de costas para mim, como se tivesse a certeza de que eu o iria procurar. E eu ia, realmente, trespassado logo de negro, abandonava as correrias e juntava-me devagar à minha solidão. O meu companheiro tomava-me então o braço lentamente, ou metia-me pelos olhos dentro os seus dedos longos e recurvos, ou simplesmente olhava impassível os castanheiros nus sobre a terra vermelha e enregelada.

— Menino! Que está aqui a fazer? Vamos brincar como os outros.

Virava-me bruscamente, dava de caras com o prefeito. Regressava então, sucumbido, ao recreio, mas não podia tirar os olhos do demónio do meu silêncio.

Na realidade, eu não tinha um projecto para a vida. Não sabia se seria padre, não sabia se viria a sair do seminário. Havia mesmo agora em mim um confuso novelo de sensações atravessadas de sonhos, de breves sobressaltos. Era a aldeia distante, o peso volumoso das horas, a súbita e incrível lembrança sem razão dos seios da Carolina ou da face branca da Mariazinha. Repentinamente, acontecia-me acordar no meio da noite com a boca amarga, um calor húmido na concha das minhas mãos, um terror esgazeado de asco e de avidez. Outras vezes, a meio do estudo, subia-me devagar pelo ventre, como uma mão, uma onda tépida e inesperada. Eu ficava perturbado, trémulo de desassossego, ou caído profundamente para uma larga cisterna muda. Então cerrava lentamente os meus olhos e aceitava, sem um gesto de defesa, que me pudessem matar.

Assim, quantas vezes, desperto e abandonado, não entrei pela noite dentro, aguardando não bem a madrugada nem o meu sono final, mas o vazio absoluto de um nunca mais para o passado e para o futuro. Padre Tomás apagava os bicos de acetileno, depois, como uma sombra, para nos marcar os sonhos, passeava ainda ao longo dos corredores, e finalmente ia deitar-se também. O luar gelado entrava pelas grandes janelas, transfigurava tudo em aparições de espectros. Eu descobria então, sentado aos pés da minha cama, o meu demónio solitário. Mas já o não temia nem quase reparava nele, tão habituado e quase desejoso da sua presença eu estava. Ali o esquecia, silencioso, com os olhos fosforescentes no halo verde da Lua. E, tranquilo, soerguia-me na cama, rodeado vastamente do lento resfolgar dos companheiros como de mortos que respirassem, e olhava através do janelão a cerca emudecida, povoada de sombras, o ermo da mata que subia devagar pela colina. Os cães, amedrontados de lua, tinham ladrado ao céu, agora dormiam, perdidos na submissão universal. Longo tempo eu ficava ali suspenso do silêncio, frio de medo, e preso, todavia, do seu encantamento. Olhava em cima o largo do recreio, o telheiro em baixo para os dias de chuva, os caminhos desertos onde, no entanto, me parecia ver as formas ocas e transparentes das presenças diurnas. Uma imobilidade nítida mineralizava tudo como em súbitas figuras de grutas, frouxamente iluminadas por um halo vaporoso. Até que, fatigado, eu mergulhava nos cobertores e cerrava os olhos, à espera de que qualquer coisa acontecesse e tomasse conta de mim...

XII

Impossível seguir, na minha narrativa, uma cronologia contínua. Desse meu primeiro ano, por exemplo, que mais dizer? Irei, pois, saltando pelo tempo, apanhando aqui e ali a linha da minha história.

Justamente, se não erro, estou agora no segundo ano, porque só então poderia acontecer o que vou contar.

Vinha de longe o meu abatimento; mas porque só agora ele tinha para os prefeitos um significado concreto, padre Alves, naquela tarde, reparou em mim longamente. E, entendendo por certo o meu desassossego, convidou-me a passar pelo seu quarto. Sim: logo que pudesse.

Olhei, comovido, o bom do homem. Era alto, pesadamente vergado, lento e poderoso no caminhar. Manso como uma força consciente, tolerava-nos a infância e ria aí connosco, desarmado, com uma inocência primitiva. Não sei se à distância a que o relembro ele se me transfigura. Mas, sem dúvida, através do tempo escuro que recordo, a imagem do bom varão enternece-me como a memória infeliz de um pai que me morrera. Rememoro o humor frisado e agressivo do padre Lino, a vasta sombra do padre Tomás nos corredores, a feminilidade nervosa do padre Fialho, o grosso Raposo, o padre Martins de pau, o melancólico Pita, o Silveira, o Canelas, o reitor. Percorro esta longa galeria de retratos distorcidos, malignos, sesgados de acidez; e só ao fim, como o apelo de um cansaço, raiado de uma luz silenciosa de ogiva, esse bom do padre Alves, tão verdadeiro e humano, que era humano e verdadeiro mesmo ali. Mas, assim mesmo, puro de ausência e alheamento, julgo hoje que ele não entendia bem a a realidade à sua volta. Como todo o homem diferente, padre Alves tinha uma lenda. Mas, ao contrário da de um padre

Lino, que era uma lenda de veneno e de vingança, a do manso varão era de coragem e de glória. Falava, na verdade, de longas aventuras corridas por Lisboa, de Áfricas funestas, da fúria de revoluções, e, por fim, à hora da fadiga, daquela noite apaziguada do sacerdócio. Nunca soube o que havia de exacto nisso. Mas não me admira que alguma verdade houvesse, porque o olhar lento do homem, os braços possantes e vagarosos, todo o seu alheamento de gigante, estava certo com um cansaço de todas as estradas da vida.

Procurei o bom varão durante o estudo dessa tarde de Inverno. Tinha ele o seu quarto no edifício da enfermaria, que ligava à camarata da 1.ª Divisão. Atravessava-se um átrio obscuro com a sineta ao alto entre dois pilares, subia-se uma escada negra e estreita, e ao cabo de um corredor irregular ficava o quarto do homem. A minha viagem isolada e àquela hora nocturna surpreendeu o padre Lino, que se cruzou comigo.

— Vou ao quarto do senhor padre Alves — expliquei. — Foi ele que me chamou.

Fitou-me rectamente e foi-se sem mais palavra. Outra sombra de prefeito me veio ainda ao encontro, no corredor de cima, parando logo, ao rumor dos meus passos. Mas não perguntou nada ao meu susto repentino. Bati à porta do homem, padre Alves mandou-me entrar. Estava sentado à mesa, os pés metidos num capacho, um candeeiro de petróleo iluminando-lhe o livro aberto. Rolos de sombras revolviam-se pelos cantos. E contra a parede branca do fundo, batida pela luz baixa, estampava-se a sombra grande da sua cabeça e do seu tronco. A luz pálida e redonda fechava-nos de um segredo submerso naquele vasto silêncio de um grande casarão com duzentos seminaristas mudos. Por isso não estranhei o seu olhar velado, a sua voz intrínseca como um bafo, quando me mandou sentar ao pé de si. Eu sentei-me devagar. E ele, desviando a sua cadeira para me fitar de frente, perguntou:

— Porque andas tu tão triste?

Falei baixo, como ele, submetido ao recolhimento geral:

— Não ando triste, senhor padre Alves. Eu não ando nada triste.

— Porque mentes, meu filho? Quantos anos tens?

— Faço catorze em Julho.

Ficou repentinamente apreensivo:

— Catorze! Portanto, um homem. O tempo corre e a gente esquece-se e fica para trás. Um homem. Aí vêm os perigos, os grandes, os únicos perigos. O mundo e o seu sonho! Quantas vezes hás-de ter pensado. Olha, um dia o mundo veio ao meu encontro. Veio todo, pavorosamente grande de orgulho e de cegueira. Que extraordinária cegueira! Que orgulho! Ah, a grande chama! E depois? Depois... cinza e nada, meu filho. Já tu vês. Cinza e nada. Tu já falaste com o teu director espiritual?

— Não falei, não, senhor padre Alves.

E de que havia eu de falar? Padre Alves, de olhos grandes de pavor, as mãos sinistras no ar, falava de coisas estranhas, aludia escuramente à minha qualidade de homem, e eu não o entendia. Embaraçado um pouco, subitamente hesitante sobre o que havia de acrescentar, pousou-me enfim no ombro uma larga mão pacífica e decidiu:

— Pois deves falar com ele. Sim, com o director espiritual.

*

Foi ele próprio que me chamou. Era um forte camponês, membrudo, com o cabelo cerrado e curto, apertado rijamente contra o crânio como uma gorra. Sentou-me ao pé de si, pousando-me a mão quente no pescoço. Tomou-me logo uma agonia visceral por aquela mão pesada e fofa a aquecer-me assim a nuca. E quando me falou quase à boca, baforadas de mau cheiro desesperaram-me. Fez-me muitas perguntas, respondi "Sim" e "Não" como me ia parecendo, e finalmente, com uma precisão técnica, o homem aplicou-me várias recomendações:

— Rezar para afastar os maus pensamentos. Nada de mãos nos bolsos. Nada de encostos. Procurar posições incómodas, quando preciso. Mãos fora da cama, sendo possível. De qualquer modo, nunca as encostar ao corpo. Ocupar o espírito com os estudos ou com pensamentos piedosos. Não dormir de roupa chegada. Usar ceroulas folgadas.

Como tudo era confuso! Mas, atormentado pelo mau cheiro e por aquela mão quente no pescoço, não tentei entender nada senão depois. Quando, porém, o fiz, um turbilhão de ideias desvairou-me. Eu sabia, desde criança, muita coisa da vida. Mas quanta mais não ignorava!

Relatei ao Gaudêncio as minhas conversas com os padres. E então ele contou-me o que sabia dos mistérios da vida. Obliquamente, conversámos a sós, nos passeios ou no salão de estudo — e o meu coração apertava-se de medo e de deslumbramento. Sentia, como não sei dizer, que todo o mundo e toda a vida, o meu passado e o meu futuro eram uma extraordinária mentira. Gaudêncio contava-me o que sabia dos adultos. E quando um dia num passeio, na cauda da divisão, eu revelei ao meu amigo a minha angústia, o desassossego do meu corpo, ele declarou-me:

— É que já és um homem. Tira a prova!

A prova. Suei de aflição, aterrado a inferno e expectativa. Padre Martins, que nos estava fiscalizando, veio sobre nós, regulamentar:

— São proibidas as conversas particulares.

Misturámo-nos com os outros, orgulhosamente ricos do nosso segredo. Mas o Florentino, que já de há muito sofria com o nosso cochichar no salão de estudo, olhou-me fanático, bem por dentro, até ao sítio do meu pecado — e mal me falou. Por acaso, íamos passar por uma aldeia, e parámos por isso para nos pormos na forma e atravessá-la depois em silêncio, como era do regulamento. Velhos, mulheres, crianças vinham às portas das casas ou paravam à boca das ruas para nos verem passar. E de lado a lado, de nós para eles e deles para nós, chocava-se uma estranheza, uma quase repugnância mútua. Porque nós sentíamos neles um vago nojo de carnes, de suor, de pecado; e eles vibravam-nos um olhar maligno, hostil, por nos sentirem diferentes no enquadramento da forma, no fato preto, talvez no ódio surdo que adivinhavam em nós. Atravessámos as ruas da aldeia com olhares aziagos cruzados por cima como uma ameaça de espadas. Doía-me sempre o suplício deste silêncio de condenados, alinhados na regra, vencidos de opróbrio. Mas naquele dia, corajosamente, olhei sesgado a gente da minha beira e descobri, numa crise, os olhos de uma rapariga que se enlaçavam nos meus. Era pálida, estava despenteada, e era ainda tão nova! Quantas vezes a lembrei nas horas más da minha ira nocturna! E como hoje mesmo eu a relembro às vezes, imóvel, intocável, como a memória submersa de uma bênção perdida!

Precisamente nesse dia, antes do recreio da tarde, padre Martins abeirou-se de mim, falou na sua voz recta de coxia de salão:

— Espere aqui antes de ir para o recreio. Diga o mesmo a este menino.

Caiu-me em tropel sobre a cara, sobre o peito, uma trovoada de duzentos pares de olhos sôfregos. Por acaso, o Gaudêncio tinha saído. Veio depois, contei-lhe o que se passava. E à hora do recreio, lá ficámos, de pé, junto das carteiras, à espera do que viesse. Os colegas que passavam pareciam-me agredir-nos com olhares curiosos, risonhos de injúria e de vingança. Senhor Deus. De vingança...

Mas padre Martins aparecia em breve. Sempre com os braços escorridos, como era seu costume, direito como uma espada, abriu enfim o mistério:

— O menino Gaudêncio pega na sua carteira e põe-na aqui. E o menino Lopes pega nesta que sai daqui e põe-na a seu lado.

Trabalhámos à pressa, afogueados a mil suspeitas, mas sem tempo de pensar em nada sob a vergasta do medo. E só quando à noite me vi sozinho entre o Florentino e o Tavares pude saber bem que o Gaudêncio nunca mais seria meu companheiro. Repentinamente, iluminado de cólera, acotovelei o Fiorentino, falando-lhe com os dentes:

— Foste tu, miserável. Foste tu que nos acusaste, meu judas.

Florentino estorceu-se na cadeira à minha esporada. Mas não respondeu. Olhei então ao outro lado o Tavares. E mais calmo, quase rendido de necessidade supliquei dele uma palavra amiga. E disse:

— Ó Tavares!

Mas o Tavares, já de boca exemplar enroscada, a cabeça inclinada devotamente, coado já de uma mística palidez, não buliu.

Plantei os meus cotovelos na cadeira, apertei a cabeça, e pus-me a ouvir o tempo correr.

*

— Tira a prova! — ruge-me a cada instante o Gaudêncio na memória.

Mas eu tinha medo do que me estivesse esperando: a verdade da suspeita, ou a sua mentira. Pesa-me sobretudo um pavor sem limites de uma cólera divina, eterna, assombrada de profecias. Assim se começou um jogo de perseguição entre mim e o meu demónio da carne. Era este um demónio diferente, astuto, que se mostrava quase sempre só depois de realizado o seu trabalho. Tinha dedos buliçosos em todo o corpo e um bafo morno como um banho. Falava baixo, ao ouvido, com longas pausas anónimas. Pelo silêncio das longas noites sem sono, e sobretudo pelas manhãs em que acordava mais cedo, ele toldava-me de tentação sem que eu mal desse conta. Queimava-me então, por dentro dos ossos, uma chama viva e velada como de álcool. Um arrepio partia-me das unhas das mãos e dos pés, endurecia-me de angústia, centrava-me contra mim. Já a humidade da boca me refluía ao ventre e uma dor suave me crescia na nuca, quando subitamente eu pensava: "Ouve, desgraçado, espera! Tu vais morrer, lembra-te bem! Vais morrer! Vai-te acontecer uma coisa extraordinária e não aguentas, e morres, e mergulharás no Inferno para sempre".

Então eu endireitava a coluna com violência, e tudo em mim rangia de desespero. A imagem do Inferno esmagava-me de pavor, não bem talvez pela maldição de fogo e de enxofre, não bem pela presença vesga dos demónios, mas pelo desencorajamento da imensa eternidade. Quantas vezes, para dominá-la, eu me pus a imaginar uma extensão pavorosa de tempo, qualquer coisa como um número de anos com um quilómetro de comprido em algarismos. Pois bem: isso não era nada comparado com a eternidade. Multiplicava depois esse número por mil, um bilião, um trilião de vezes. Pois bem: isso ainda não seria nada que se parecesse com a eternidade. Porque a eternidade seria isso e mais e mais e sempre mais. E quando me cansasse de imaginar a extensão de outros números maiores, ainda não teria imaginado nada da eternidade. Porque a eternidade era sempre e sempre e sempre, mais cem anos, mais milhões de anos, sempre mais milhões de anos, e, à frente desses anos todos, o vazio da imensidade, como se fosse a partir daí que se começasse a contar. Como iria eu arriscar-me? E como iria pecar precisamente contra o inviolável segredo, a pureza, o mistério sagrado do meu corpo? Porque eu sentia que em tal falta havia um crime maior que em qualquer outro. Compreendia perfeitamente o assassínio, o roubo, quase mesmo a blasfémia. Eram faltas sobre que se podia conversar claramente. Um ladrão ou um assassino como que *não participavam* totalmente no pecado. Um blasfemo agia também por uma só parte de si, talvez só a da loucura ou a da raiva. Mas uma culpa da carne atingia o mais secreto do homem, sujava-o todo, cobria-o de asco.

Assim a minha luta se arrastou por alguns dias. Mas uma noite que o sono se demorou avassalou-me uma angústia tão súbita que, antes mesmo de cair, eu pensei: "Já pecaste em pensamento". E todo o corpo se me destruiu de aflição. Porque agora, como iria eu dormir? Conhecia muitas histórias trágicas de perdidos a quem a morte surpreendera durante o sono. E parecia-me por isso que era mais fácil não morrer se me aguentasse acordado. Iria então ao confessor, logo pela manhã, e aliviaria o meu pecado. De subir, porém, iluminou-me todo a ideia de que, se eu já pecara em pensamento, podia também percorrer até ao fim a minha condenação: amaldiçoado de crime, que o meu crime fosse perfeito e se esgotasse...

Mas, violentamente, outra vez a imagem da morte me assolou a alma de pavor. Vi-a logo, diante de mim, avançando inexorável, dando sempre mais um passo para a minha cama. De repente, porém, não sei como, ó Deus, nem nunca o saberei, apoderou-se de mim um orgulho horroroso da minha qualidade de pecador perdido, da minha sorte de condenado. E, desvairado, levantei os olhos ferozes, encarei a morte de frente. "Vem!", urrei-lhe do mais fundo de mim. "Não peço perdão a Deus, não peço perdão a nada. Pequei todo até aos ossos, até aos intestinos. Aqui estou, arre, aqui estou." Mas, bruscamente, sem uma transição, fiquei aturdido, confundido de treva, aterrado do meu orgulho, da ameaça da morte, e enrodilhei-me sobre mim, e sofri, e sofri. Não sabia que coisa grande havia para além de mim e da minha aflição, que afronta me confundia os nervos e o sangue, mas sabia que era tudo demasiado negro e pesado para o meu cansaço. Chorei, desgraçado, em silêncio, aniquilado em miséria e solidão. A morte esqueceu-me enfim e a noite veio-me adormecer.

Mas pela manhã, ao primeiro clarão da consciência, correu-me logo todo um movimento brusco que me despertou completamente. E, deslumbrado de surpresa, reparei, ó Deus, que estava ainda vivo. Cometera um pecado, adormecera sobre ele e não morrera. estava ali bem vivo, mexia as pernas, os braços, e via bem com estes meus olhos a camarata adormecida, as sombras dos corredores. Uma alegria empolgou-me: eu tinha vencido a morte e o Inferno.

Mas, se eu os tinha vencido, se o dia vinha aí com a sua segurança...

Lentamente silencioso, fui-me colando todo a mim mesmo, até ao mais íntimo de mim. Incha-me no crânio, devagar, um vapor quente e sanguíneo. Para um centro imprevisível, em giros rápidos de aço, uma fina teia radia-me das unhas das mãos e dos pés. Voga agora, na água límpida da memória, uma imagem branca dormente. Depois esvai-se. Depois regressa. Depois desaparece definitivamente, mas deixa, ó Deus, deixa uma presença vivíssima, vivíssima, vivíssima, como a chaga que nos fica de um ferro em brasa. Bruscamente, porém, tudo em mim rebrilha incandescente. Uma estrídula gritaria levanta-se-me no cérebro, um guincho agudo fura-me a cabeça de um ouvido ao outro e um murro surdo, absoluto, abate-me finalmente. Dobro-me sobre mim, rendido, e ali me deixo ficar, longamente esquecido da vida, de tudo...

Que aconteceu? Só então olho em roda, vejo destroços por todo o lado: grandes fantasmas vencidos, o palácio da minha infância em ruínas. Mas eu estou vivo, ó morte, como um triunfador. Quantos ídolos e mentiras rolaram com a tempestade. Mas, ao olhá-los destruídos, uma consciência nova, calma de força e grandeza, levanta-se-me acima de todo o meu destino...

XIII

Como tudo, porém, agora se me complicava! Após duas ou três confissões apavoradas de urgência, instalei-me serenamente no meu crime. O confessor ouvia-me sem alarme, do lado de lá do meu susto e do meu deslumbramento — e isso encorajava-me a revelar-me sem medo. Era fácil agora chegar junto do homem e exibir a minha culpa com clareza e sossego. Padre Silveira ouvia-me, explicava-me de novo a técnica da resistência à investida das paixões e mandava-me em paz. Mas nenhuma força ou astúcia desarmava o poder do meu corpo plebeu. E, esgotadas todas as suas receitas, o padre deu-me então um livro "de ciência". Devorei-o com gula. Padre Silveira, gabando o meu interesse, forneceu-me mais dois. Li-os também, com ardor. Porém, a minha fome era clara, categórica, não admitia subterfúgios. O meu desassossego tinha a idade da vida, a sua voz era a voz absoluta da Terra. Assim, uma excitação infatigável comia-me agora a todo o instante. E ou me perdia, cansado, na lembrança dessa jovem que vira e na memória ténue da Mariazinha, ou estalava todo, se recordava a Carolina. Tudo porém era para mim longínquo, inacessível, quase inimaginável, desde a distância do meu universo vazio, que eu consigo relembrar e entender. Vida. Tão diferente e tão igual. Pureza invencível mais forte que o medo, e o suplício, e o esconjuro maligno. Só no abandono absoluto consigo recordar e compreender. Aí revejo o desespero fatigado, os gestos da maldição, do ódio e da loucura. Aí revejo um pobre colega na aula de Português, levantando certo dia a fralda vermelha da secretária do professor, e empalidecer, subitamente, batido a coice pelos cavalos do sangue, quando viu, todas nuas, brancas da sombra, as pernas de pau da mesa... Aí me recordo igualmente, ao ver também as pernas nuas, subitamente dorido nos flancos, a boca amaldiçoada de secura, os joelhos derreados, pedindo ao padre Pita, esbaforido de urgência, licença de *necessidades maiores*... Aí recordo tudo — e é como se de novo os poderes da minha infância se erguessem sobre mim e me condenassem outra vez.

*

Mas eis que se me levanta finalmente e vem ao meu encontro o Peres, de que já falei. Vem altivo de triunfo, à frente da charanga, tocando com energia. Porque havia realmente no seminário uma charanga para nos alegrar a vida, se pudesse. Relembro-a agora como uma ruidosa caldeirada de latões e de pífaros, corroída de velhice, mas, como tudo o que é velho, iludida de um passado. Na verdade, limitando-se então, cansada, a serviços modestos, contava-se, de geração em geração, que tocara em tempo antigo numa procissão da vila.

— Então, sim, tocava-se — dizia o padre Cunha, maestro, saudoso e inocente. — Estava o Faustino a cornetim, o Rebelo a clarinete, e outros. Mesmo o bombo — concluía para o Peres — era um bombo a sério. Hoje...

Ora um dia o Amílcar, que tocava caixa, saiu da música. E o padre Alves, talvez lembrado, da minha perturbação, acreditando que ali eu me reconquistaria, propôs ao maestro que eu o substituísse. Tocava bombo, o Peres. Um colega idoso tocava os pratos. E havia ainda um outro caixa. Peres ocupava o centro da *pancadaria*, na vanguarda da filarmónica, e isso dava-lhe uma grandeza de condutor. Mas eu detestava este "figurão", desde aquele dia negro de sexta-feira de Outubro, em que ele me massacrara de caloiradas até o bom do Gama me proteger. Revejo-o agora, imóvel na memória, como um tipo alto, vermelho, quebrado todavia de uma brancura de vício e de ascetismo. Tem na capela, no refeitório, os olhos baixos, centrados em gozo íntimo, a espinha suavemente curvada de humildade. Pelas tardes de sábado, um padre vem ao salão de estudo, com um grande livro aberto, e dá de prémio àquele ar compungido altas notas de comportamento. Mas quase todos, aliás, trazíamos a face gravada de humildade. Perfeitamente relembro esse ar ajoelhado de todos os seminaristas, essa palidez de uma força prisioneira...

Arrancados ao chão que era nosso, um fino veneno de não sei que infantilismo triste secava-nos a energia que ainda falava da gleba. Pelas nossas mãos pendentes, grossas de pasmo, pelas pernas desajeitadas, escorria-nos uma fadiga ossuda, com um ar recurvo e apavorado de vício. Lembro-me bem desse pavor desarmado, porque, embora o medo me vergasse também, eu pude erguer ainda a coluna em instantes breves de ira ou de coragem. (E como to agradeço, ó Deus, que já não tenho. Como to agradeço agora, revertido a esse tempo em que falavas ainda à minha vida!) Mantive-a direita quando o padre Lino me bateu, como hei-de contar. Mantive-a direita, quando o padre Tomás escarneceu da minha redacção em Português, porque, numa descrição de uma manhã de Primavera, eu abrira assim apenas:

"Antes de nascer o Sol, os homens vão para o trabalho."

Enquanto a redacção ideal, como a do Amílcar, era assim perluxosa:

"Qual hóstia sagrada levantando-se da píxide da montanha, o Sol nasceu espargindo os seus raios doirados, e as avezinhas saltitaram de ramo em ramo, em doces gorjeios."

Senhor dos Infernos. Eu sabia lá o que era "píxide", ou "espargindo", ou para que serviam ali os "gorjeios". Sabia, sim, com segurança, desde o centro dos meus ossos, que tudo aquilo era estúpido. Por isso aguentei a galhofa do padre Tomás, que usava nos seus sermões palavras também "difíceis". E, como aguentei, padre Tomás perguntou, aludindo à arrogância da minha espinha, se eu não teria engolido o pau de uma vassoura... Cobriu-me um céu escuro de gargalhadas. Verguei os olhos e padre Tomás acalmou, talvez por lhe parecer que eu vergava assim também a coluna e a alma.

Ora, como ia contando, Peres tocava bombo e eu caixa do lado dele. Sabíamos todos que o Amílcar abandonara a charanga por andar fraco, como podia provar-se pelos ovos que tomava de manhã. Eu substituía-o porque tinha saúde. Peres acolheu-me com uma simpatia inesperada. Naturalmente, como ele era de outra divisão (precisamente da 1.ª), não podíamos conversar. Mas tínhamos ocasiões para transgredir a regra. E assim, durante os ensaios, ou enquanto areávamos os instrumentos, ou até mesmo nos passeios, Peres falava-me à memória da minha aldeia, à dor presente da vida do seminário, chegando enfim, dentro em breve, a falar-me de si. Rapidamente mudei a minha opinião sobre ele, em especial depois que um dia me ofereceu um *santinho*. Mas dentro em pouco já Peres se expandia à vontade, começando até a atacar o regulamento, perguntando-me se eu achava bem esta coisa das divisões. Havia um Paiva da 1.ª Divisão com um irmão na 3.ª. Pois só nas férias poderiam conversar.

Concordei francamente com o Peres. E ele então adiantou que conhecia a família do Amílcar, o conhecia a ele desde pequeno, que eram de terras próximas, que nas férias se viam com frequência. Como o conhecia, durante os ensaios falavam algumas vezes.

— Pois à primeira que fomos apanhados, tiraram-no da música.

— Por falarem? Então não foi por ele estar fraco?

Decerto, claro, também estava fraco. Peres, aliás, recomendava-lhe prudência. Não tocasse com força. Poupasse-se. Estava fraco, sem dúvida, e a caixa puxava muito por ele.

— Mas não foi só por isso que o tiraram. Foi também por falarmos.

— Não há direito — disse eu, solidário.

Peres, vermelho, excitava-se. Enfim, valera-lhes ter sido o padre Canelas a apanhá-los. Sim, realmente o Amílcar tinha *graxa* desse padre.

Mas Peres não sossegava. E pouco a pouco foi levando as conversas até onde já só eram de um incrível sonho perdido. Falava agora da terra, de uma certa Dulce irreal que ensinava catequese, do ardor que respondia à minha angústia afogueada.

E um dia, brutalmente, declarou-me:

— Tenho cá livros e revistas. Numa delas há uma mulher quase nua. Não mostrei nunca a ninguém. Mostro a você, se quiser. Só a você.

Calei-me, excitadíssimo, atormentado de sangue. Olhei Peres de lado, olhei o regente da música, mas não entendia nada, com um pedregulho súbito a ocupar-me todo o crânio.

— Não quero ver — disse eu por fim, aterrado.

Mas Peres não se alterou. E, adiantando-se ao meu pavor, insinuou-me com orgulho a sua vitória sobre a vida, a experiência verdadeira de uma aventura real.

— Mente! Figurão! Você mente! — clamei eu, aturdido pelo fantástico de tudo.

— Minto? Pois hei-de-lhe trazer as revistas, a ver se minto.

— Não quero!

— Trago. E já agora digo tudo: a mulher que conheci foi mesmo essa que vem nessas revistas. A que tem só um pedaço de pele de tigre a tapá-la.

Cedi, arrasado, já sem pensar.

Foi isto no ensaio de quinta-feira. No sábado, Peres tocou-me com o cotovelo: já ali tinha tudo.

Infelizmente, porém, quando me ia a passar o contrabando, padre Martins surgiu de súbito entre os dois como um gládio: um Deixe ver isso. Peres recusou, afogueado. Mas padre Martins falou alto, inflexível:

— Deixe ver isso.

Peres recusou, afogueado. Mas Padre Martins falou alto, inflexível:

— Deixe ver isso imediatamente!

Toda a filarmónica nos fitou sobressaltada. Padre Martins recolheu o embrulho e abalou, por entre o silêncio de todos.

Peres desapareceu no mesmo dia da filarmónica, do salão de estudo, de toda a parte. Mas só mais tarde soubemos que ele tinha sido expulso.

Foi quando, numa manhã, as três divisões formaram num terreiro dos recreios. Padre Tomás dissera-me, com ferocidade, que levasse comigo a fita verde, ganha na primeira época, com os 13 valores a Comportamento. Não sabia do que se tratava e lá fui com a fita no bolso. Agora estava na forma, aguardando o que de mais terrível pudesse acontecer. Alinhados, como em formação de guerra, padre Tomás colocou-se-nos diante, como se fosse comandar-nos. E muito pálido, desvairado de mau fígado, ordenou:

— António dos Santos Lopes. Dê dois passos em frente.

Havia um silêncio absoluto. Faltava apenas que rufasse um tambor em qualquer parte, para que tudo se parecesse com uma execução. Estava uma manhã bonita, muito quieta. O azul marítimo do céu era húmido e liso como a face de uma jovem. Levemente, a aragem passava em cima, pelos castanheiros esguios. E tudo era no mundo definitivamente belo e tranquilo para que mais doesse perdê-lo. Padre Tomás, depois de me ver destacado, desamparado da protecção dos outros, ordenou ainda:

— Ponha a sua fita.

Tirei do bolso a minha fita verde com uma medalha pequena e deitei-a ao pescoço. Lento, mas a passo firme, padre Tomás avançou então para mim. Não lhe via senão as botas inexoráveis, marchando fatídicas, e a sombra negra da batina. De uma ave que passou, uma pena desprendeu-se, balançou no ar, indecisa, veio enfim cair a meus pés. Eu respirava profundamente, sem saber o que iria acontecer-me; mas parecia-me que não importaria muito fosse com o que fosse, ainda que me matassem. Padre Tomás parou diante de mim. Havia duzentos seminaristas atrás, mudos, retesos de expectativa, e em volta uma manhã inocente de Primavera. Vi então erguer-se-me desde baixo, devagar, a mão de padre Tomás, até à altura da medalha. Depois vi-a segurar os dois braços da fita e parar um instante, no extremo limite da excussão, como para me conceder que eu me sentisse ainda vivo pela última vez. E finalmente, com um puxão brusco, padre Tomás arrancou-me a fita do pescoço. A mão desceu-lhe outra vez, devagar, com os trapos despedaçados...

XIV

Durante algum tempo não se falou senão do Peres e de mim. As notas do meu comportamento dessa semana vieram baixas como o meu crime. Só então comecei a revoltar-me contra a injustiça cometida. Porque não castigaram o Amílcar? Ele fora apanhado a conversar e nada lhe acontecera. Isso mesmo eu o disse ao padre Alves, uma vez que num passeio ele me viu triste e sozinho.

— Bem vês, tu és *mais homem* que o Amílcar. O Amílcar é uma criança. Com ele o Peres só falou. E mesmo a ti foi levada em conta a tua idade. Senão, tinha-te acontecido a mesma desgraça que ao Peres.

— Mas eu não queria a revista. Eu não a queria. O Peres pediu-me que a visse e eu nem sabia o que era.

Padre Alves calou-se. Passou-me o braço pelo ombro, encorajou-me:

— Tudo isso há-de passar. Tira daí a lição que deves e deixa que o tempo tudo apague.

Não respondi. Mas, dentro de mim, eu gritava em desespero: "Hei-de-me ir embora. Hei-de-me ir embora." Foi o que logo depois eu declarava ao Gaudêncio:

— Quero-me ir embora, Gaudêncio. Nem que morra.

— Ouve, Lopes — pediu-me o meu amigo. — Não vás ainda. Deixa passar só mais um ano.

— Mais um ano? Não, Gaudêncio, vou-me embora. Estou aqui vai para dois anos. Não aguento mais tempo.

— Olha. Daqui a um ano... Não digas nada a ninguém; mas daqui a um ano também saio contigo.

*

Breve, porém, chegavam as férias da Páscoa, e tudo se me diluiu. De novo fiquei suspenso da imagem da minha aldeia, da minha serra, da minha antiga liberdade. À distância de três meses de seminário, até mesmo os factos desagradáveis tinham um engano de beleza. Eu vivia, de resto, agora, e cada vez mais, da minha imaginação. E foi por isso a partir de então que eu descobri a violência da realidade. Nada era como eu tinha fantasiado e não sabia porquê. Parecia-me que havia sempre outras coisas à minha volta que eu não supunha, e que essas coisas tinham sempre mais força do que eu julgava. Assim, a minha pessoa e tudo aquilo que eu escolhera para mim não tinham sobre o mais a importância que eu lhes dera. Chegado à realidade, muita coisa erguia a voz por sobre mim e me esquecia. Assim aconteceu nessas férias da Páscoa. Quando a camioneta entrou pela aldeia, logo senti na distância e silêncio das ruas, dos homens que passavam metidos nos seus destinos, uma indiferença total pela minha ansiedade. Eu olhava pela janela da camioneta, aberto em dádiva e alvoroço, e nada me respondia nem dava pela minha vinda. Algum homem parado à beira da estrada olhava-me sem me ver e continuava alheado no cigarro que fumava. Vinham desta vez alguns seminaristas que normalmente utilizavam o comboio. Socorri-me deles para que alguém soubesse que eu chegara:

— Cá estou na minha terra!

Mas, quando enfim cheguei, uma cabeça grande meteu-se pelo postigo da camioneta, clamou por toda ela:

— Eh, Tonho de um raio, que estava a ver que nunca mais chegavas!

Senhor Deus, era o meu tio Gorra, tão bruto, tão sinceramente animal! Senti-me apunhado pelo pescoço e exibido em galhofa aos meus colegas. Já todos os fatos pretos, de mão à frente da boca, mordiscavam o seu sorriso secreto, cruzado de

olhares oblíquos. Torcido de vergonha, separado dos seus gestos, arrumei as minhas coisas à pressa. Mas D. Estefânia assomava à portinhola, severa, esquadriada de arestas, e cortou:
— Menino. Vamos.
Carolina tomou a minha mala partiu à frente. E sem olhar o meu tio, que se sumira, sem olhar ninguém, segui D. Estefânia para casa. A noite veio logo ao nosso encontro, na calçada deserta até ao adro, e eu pude então sossegar. Ouvia ao meu lado os passos da senhora, batidos às tacadas, mas, como não falávamos, quase a esqueci. Finalmente chegámos. D. Estefânia levou-me a cumprimentar toda a gente da casa, antes do jantar.

O senhor capitão, baixando o jornal, perguntou-me as notas, o Zezinho, que se portava menos mal comigo, falou-me logo dos seus brinquedos, a Mariazinha perguntou-me quando é que eu cantava missa, fugindo logo a seguir. Já o mais velho, que frequentava o curso médico em Coimbra, voltara para as férias. Não viera à aldeia pelo Natal, creio que por ter exames em Janeiro, e eu sentia ocultamente um receio grande de o ver. D. Estefânia levou-me ao quarto dele e bateu à porta. Mas o Dr. Alberto, com um enfado lento e roufenho, declarou imediatamente que não podia entrar.

— É o António — teimou a mãe. — Chegou agora do seminário.
— Que maçada! Não pode!
D. Estefânia, irresoluta, fitou-me um instante. Decidiu enfim:
— Vens logo. Vai-te agora arranjar para o jantar.
Tinha tudo no quarto um ar fresco e tranquilo, a cama fora feita de lavado, não havia prefeitos lá fora, nem aulas, nem regulamento, e eu senti-me feliz. Atirei me para a cama, cerrei os olhos. O candeeiro, de chaminé limpa, fala-me ao ouvido como um abraço sem fim, os muros pálidos fitavam-me com um sorriso levemente cansado, o ruído dos passos no corredor

rodeavam-me de segurança. Longamente repousei, esquecido, até ao fundo da alma, até ao silêncio por baixo de tudo, até à paz. Só muito tarde acordei, quando D. Estefânia me bateu à porta, devagar.

— António. São horas de vires para a mesa.

Lavei-me, penteei-me, estiquei as abas do casaco. Mas quando cheguei à sala ainda não estava ninguém. Ali fiquei, um pouco embaraçado, de pé, em frente do meu lugar. Breve, porém, chegaram todos, à excepção do doutor. D. Estefânia foi procurá-lo, mas voltou logo depois:

— Vamos comendo, que o Alberto já vem.

Não veio, porém, senão depois da sopa. Quando o vi entrar na sala, fiquei hesitante, sem saber se deveria ou não levantar-me e ir ao seu encontro. Toda a gente ficou à espera de como se acertaria tudo. Puxei ainda a cadeira um pouco atrás, pronto a erguer-me, tirei o guardanapo. Mas o doutor, como se nem desse por nós, avançou indolente para o lugar, e sentou-se. O silêncio geral incomodava-me. Finalmente o Dr. Alberto, desdobrando o guardanapo, falou-me sem me fitar:

— Então já de férias. E que tal de notas?

Eu ia responder prontamente que tivera um 13 a Latim, um 12 a Português, um 11 a Geografia. Mas o Dr. Alberto mudava de assunto, perguntava à mãe:

— Que há hoje para o jantar?

— Uma coisa de que tu gostas. Vê lá se adivinhas. *Batatas-feitas*.

— *Batatas-feitas*... E isto? Que sopa é esta? Carolina! Leva já isto lá para dentro!

— Mas tu precisas de comer, filho.

— Não, não. Leva lá — teimou ele, enfastiado e categórico.

Como me tinham esquecido, ousei fitar o doutor. Vestia ele um roupão azul e parecia-me muito mais pequeno, muito mais velho e extremamente sinistro pela barba espessa e por aquele olho vesgo que eu já mal recordava.

— Mas então de notas, que tal? — perguntou-me de novo, absorto, enchendo o copo.

— Tive um treze a Latim, um doze a Português e um onze a...

— Treze. Belo. Já sabes bem o *rosa, ae*, estou vendo. E o *dominus, i*.

Eu sorri, senhor de mim. Sabia o *rosa, ae*, o *dominus, i*, e muito mais.

— Belo, belo. Ó mãe, essa porta aí, por favor. Não posso apanhar correntes de ar.

D. Estefânia levantou-se pressurosa a fechar a porta. E o silêncio correu de novo, de uma ponta à outra da mesa. O senhor capitão parecia distante de tudo e, se não dessa vez, pelo menos em muitas refeições, tinha diante de si um livro para ler. D. Estefânia, incrivelmente humilde diante do filho mais velho, fitava-o constantemente, à espera de novas ordens. E, quanto aos mais pequenos, um momento perturbados pelo ar novo da minha presença, em breve rolaram por cima de mim e por cima de tudo com a sua alegria anterior. Por isso fui ficando lentamente abandonado, mas não esquecido, como se me marcassem com uma unha no sítio onde me liam. Assim, quando me passava diante uma palavra, eu erguia a minha atenção desperta a ver se alguma era para mim. Mas não era, e logo deixei que as conversas se me cruzassem pela frente como num jogo a que apenas assistimos. Falou-se dos estudos do doutor, fizeram-se perguntas aos mais pequenos. Mas tudo era por sobre mim, como um cotovelo sobre uma ideia para mais tarde. Todavia, os olhares de todos constantemente me apedrejavam a cara e eu sentia assim nos flancos que as palavras deles subentendiam a minha presença ali, como se falassem por sinais. Felizmente, como eu ocupava um dos extremos da mesa oval, o grande candeeiro de quebra-luz de porcelana, plantado a meio, defendia-me, repelindo-me para a sombra. Carolina vinha substituir os pratos, partia de novo para a cozinha. Até que a voz do doutor me embateu de novo contra o peito:

— Mas então, António, um treze a Latim...

— Foi, sim, senhor doutor. Um treze.

Logo todos os olhos se atropelaram pela mesa para me cercarem. Eu estava embaraçado com o talher e uma fevra de frango que me coubera. E dizia para mim: "Lembra-te bem, lembra-te bem de como te ensinaram nas aulas de Civilidade a manobrar o talher". Justamente eu tinha sido chamado pelo padre Raposo, que era tão exigente, e respondera correctamente a tudo o que ele quisera: "Como se pousa o talher?" "Deve-se partir primeiro a carne ou parti-la à medida que se come?" "Como se trincha um pato?" "Um sacerdote, por força do seu ministério, tem de conviver com todas as classes sociais. Deve por isso aprender todas as regras de educação." "Sim, padre Raposo." "Mas se me desses primeiro o pato que a minha fome desconhece?" Eis-me aqui embaraçado com a faca e o garfo. Faca à esquerda, garfo à direita. Não: faca à direita. Mas tenho de trocá-los, porque não consigo comer à esquerda. Destroco-os de novo. Melhor cortar tudo de uma vez. A faca bate no prato com ruído. Num atropelo, todos os olhos me vêm agora para a frente, ávidos de expectativa. "Falem! Arre deixem-me!" Mas ninguém se move.

— Com que então, treze a Latim.

A faca apanha um nervo, a carne salta para a mesa. Um enxame de vespas precipita-se sobre mim, espicaça-me toda a cara. Apanho tudo com a faca, confundido de sangue. Mas uma nódoa fica para sempre na toalha. Fito D. Estefânia, aflito, e D. Estefânia agiganta-se-me sobre a face com dois olhos grandes como duas poças nocturnas. Já toda a gente comeu. Agora os talheres cruzados olham a minha confusão em fogo. Tudo no meu corpo arde: a boca, o estômago, as tripas. Queimada como por um álcool, a minha fome calou--se. Olho o frango da minha avidez e desisto. Cruzo também o meu talher e, de fronte pendida, aguardo agora o castigo que mereço. E o castigo veio sobre mim como um raio divino:

— Vocês, lá no seminário, é claro, não têm aulas de Educação.

— Temos, sim, senhora Dona Estefânia. Eu tive um catorze a Civilidade. Eu fui chamado uma vez e soube tudo. O senhor padre Raposo é muito exigente. E eu soube tudo: como se escrevem cartas de pêsames, como se trincha um pato e mais coisas.

Meu Deus. As minhas palavras partiam-me a cabeça a murro. Estava ali a nódoa na mesa e cem juízes para me condenarem. Havia escuro na sala e nada me podia defender, Mas, de repente, o Dr. Alberto mudou de assunto:

— Ouve lá. Tu, que tiraste um treze a Latim, deves saber muito disso. Então diz-me lá uma coisa: o que é que pede o verbo *utor*?

Mudos, todos esperavam a minha resposta. Fitei-os de um a um, bruscamente, até chegar ao meu carrasco. Tinha ele um cigarro entre os dedos, os cotovelos plantados na mesa, e aguardava. O olho vesgo e aziago dava-lhe um ar disperso, parecendo-me por isso que me atacava de toda a parte. Batido de expectativa hostil, abri as minhas mãos doridas e tudo em mim se rendeu:

— O verbo *utor* não sei.

— Pede ablativo. Não sabes nada disso.

E levantou-se.

Confundido de sangue, fiquei a ouvir-lhe os passos batidos no longo salão, até se perderem lá para dentro.

*

Na desorientação dos meus nervos, o Dr. Alberto perturbava-me de curiosidade ardente. Não penetrara ainda no seu quarto e só uma vez tinha espreitado pela porta. Um pouco aterrado, olhei os seus livros nas estantes, a mesa de trabalho, e imaginei-lhe uma vida confusa, atravessada de vícios escuros, suja de uma experiência de pecado. O seu ar fatigado, o cheiro a tabaco toldavam-no de um nojo espesso e devasso, de uma torpeza flácida e húmida. Mas, anterior a esta repulsa e medo, eu sentia uma ávida atracção pela vida daquele homem que se empapara até ao pescoço na quente gordura animal. Então, no silêncio do meu quarto, apertava-me o pescoço, até me sufocar, a memória rangente de uma fúria de total revelação até ao limite de um muro, imagem lenta de uma alvura morna retraída finamente de segredo até à barreira de um canto, a vitória hiante sobre um abandono aberto, vergado para trás em angústia... toda a violência da minha carne rugia até aos astros, como um animal com o ventre furado de um lado ao outro. E era daí, da altura incomensurável da minha aflição a prumo, que eu caía depois, verticalmente, desgraçado e triste, até ao fundo da minha confusão. Já porém a visão da sujidade alastrava à minha volta por tudo o que era vivo e fecundo. Agora os meus olhos vorazes devassavam tudo, punham à mostra o destino secreto de todos. O quarto do Dr. Alberto freme de devassidão em fúria. Vem de Coimbra uma memória densa de vício, mulheres pintadas, nuas e brancas. Carolina, sanguinária, esmordaça-me a memória, D. Estefânia regressa inverosimilmente ao seu dia de casamento, Mariazinha surge-me, em brusca aparição, sentada ao abandono, destruída e chorosa. Um cerco de vício e de crime acutila-me de todo o lado, escalda-me como um bafo vinagrento. Jorra-me o suor pelo cabelo empastado e uma multidão de demónios criva-me de alaridos. Mentira, ó Deus, tudo, tudo. Não há decência de saias compridas, de pálpebras compridas.

Há só a angústia de um prazer final, de um vértice final, como o fundo de um redemoinho de águas. Para lá caminha o mundo todo, a limpidez das crianças, os homens adultos, as mulheres piedosas. Como é possível? Como é possível? Meto ferros à minha carne endemoninhada e choro, prisioneiro, na solidão do meu castigo. Sinto dores nas unhas dos pés arrancadas, nos dentes torcidos a alicate. Arde-me o estômago como uma grande bola de veneno. A cabeça pende-me, com a face ensanguentada, até ao estrume de mim próprio. Onde a salvação, ó Deus, ó Deus? Onde a água que me lave até ao homem verdadeiro que minha mãe deu à luz? Porque é possível, Senhor, que o crime seja só do meu sangue envenenado. E que haja por baixo de todo o nojo da vida uma certeza natural como a água nascente que mata sede e fecunda.

E abruptamente escorraçado pelo mundo, senti-me, como nunca, recurvado sobre mim. Tudo quanto era em mim de dar as mãos à vida retraía-se até ao fundo do meu ressentimento e desconfiança, colava-se ao meu ódio assustadiço. Os olhos buliam-me, activíssimos, desde o centro da minha toca, fugindo porém logo, esbaforidos, ao indício do menor rumor. Mais do que nunca a humilhação me pesava na cabeça, dobrando-me para o chão. E à minha volta, o ar rarefeito da minha ansiedade era um muro definitivo. Custava-me agora aguentar o olhar dos outros e sobretudo o de Carolina e da Mariazinha. E até mesmo, no segredo do meu quarto, quando tinha o mundo às ordens, a violência de Carolina esmagava-me de pavor. Já com a Mariazinha eu podia melhor; tinha uma face branda como o meu sonho medroso, era dócil ao meu apelo, ficava sempre pura depois de *tudo*, porque tudo acontecia sem que em nada se falasse, como se acontecido *implicitamente*, fora de uma consciência responsável.

Ora um dia aconteceu-me um percalço extraordinário que ainda mais me atormentou. Eu tinha ido ao terço com a D. Estefânia e estava o senhor prior no terceiro mistério (lembra-me bem que eram nesse dia os mistérios gloriosos), quando me deu uma dor forte à boca do estômago. Propriamente não era dor, mas uma como que tontura, de instante a instante mais densa, e que era costume atacar-me sobretudo quando estava de joelhos longo tempo. Dessa vez estive perto de perder os sentidos. E como, embora me sentasse, nem por isso tivesse melhorado, foi o próprio senhor prior que me mandou para casa. Expliquei a D. Estefânia, ao passar junto dela, o que me sucedera. E, se bem que ela resmoneasse qualquer dúvida irada, uma vez que eu já ia embalado com a autorização do prior, fui-me embora. A Joana, que viera também ao terço, ainda me fez sinal do fundo da igreja, creio que para saber se era preciso alguma coisa. Eu fiz também qualquer gesto para lhe dizer que não. Entrei em casa, atravessei os corredores em direção ao meu quarto, que ficava, como disse, perto da cozinha. Então, quando abria a porta, com a breve luz que entrara comigo pelo corredor, eu vi, estarrecido, uma cena infernal. Surdos no ardor, só uns instantes depois eles ouviram o ruído da porta e da minha presença. Então Carolina atirou com o doutor para o lado e, tomando balanço, sentou-se na cama, compondo-se. Abruptamente, fechei a porta e fugi, aturdido, para a noite do quintal.

 O vulto grande das árvores crescia na escuridão, como faces lôbregas que avançassem aos urros para mim. Mas eu corria sempre, tropeçando nos canteiros, tropeçando no meu horror, até que finalmente me atirei para um banco junto a um tanque de águas mortas. E ali fiquei a descansar, fechado de sombras húmidas, trémulo de agonia, até que o rumor da ribeira se perdeu dentro de mim. Então, quando acordei e me vi só frente a mim próprio, desguarnecido de tudo, mesmo da angústia, tive medo. As árvores ramalhavam, refolhadas de agouro, no negrume do céu, o dorso inchado da ribeira, como de uma cobra gigante, avolumava-se ali ao pé, rastejando turbulento. Levantei-me, desamparado, olhei em redor, atirei-me de novo para casa. Quando entrei na cozinha, Carolina, de costas para mim, remexia em tachos, indiferente. E eu pasmei como ela não tinha fugido com a sua vergonha para o cabo do mundo, ou não tinha atado uma corda ao pescoço. Ou acaso, ó Deus, a vida para além de mim seria assim tão diferente, que tudo quanto acontecera fosse fácil e natural? Trémulo e deslumbrado, olhei ainda Carolina, obliquamente, olhei o vulto das suas ancas, revolvidas com desembaraço, enquanto limpava os tachos. E de novo me senti infeliz, sem saber porquê. Era como se a vida me tivesse ludibriado desde sempre, e de súbito me visse no meio de um grande círculo e milhares de braços estendidos a toda a roda apontassem sobre mim dedos ossudos de escárnio. Meti-me no quarto, fechei a porta por dentro. O candeeiro estava aceso, mas de torcida baixa. Assim o deixei ficar; e, fechado de penumbra estendi-me na cama. Reparei então que a meu lado o colchão se amolgava ainda com as formas do corpo de Carolina. E, abruptamente, a presença do pecado na cova da cama, no vago aroma quente do quarto, na dura memória da alvura íntima de Carolina, desvairou-me de relinchos os cavalos do sangue. Uma fúria maligna, de longos olhos cerrados, abocanhou-me pelo pescoço, atirou-me contra mim próprio como contra uma parede... E ali fiquei por fim, enrodilhado na cama, aturdido de ruína, de fadiga e de silêncio.

De súbito, porém, alguém bateu à porta com três pancadas rápidas. Pulei breve, fui abrir.

— Estava então assim doente...

— Estava... estava, sim, senhora Dona Estefânia.

— Não minta! — gritou ela, tremente, esganiçada de ira. — Não minta! Ainda há pouco o procurei e não estava no quarto. Carolina! — disse para trás. — Onde é que este menino esteve?
— Eu cá não sei. Eu vi-o vir do quintal...
Arrojei os meus olhos contra a face de Carolina. Mas ela, muito calma, resistiu:
— Vi-o sair do quintal. Agora o que foi para lá fazer é que não sei.
— Está a ouvir? — clamou a senhora para mim. — Não consinto aqui mentiras! Fique sabendo: não consinto! Foi ou não foi para o quintal?
Baixei os meus olhos fatigados. Mas neste instante ouvi atrás de mim:
— Fui eu que lhe disse, mãe. Ele estava a queixar-se da cabeça e eu disse-lhe que fosse até ao quintal.
D. Estefânia travou, remordida sobre si, fitou o filho, perguntou-lhe:
— Porque é que disseste isso quando te falei no caso?
— Julguei que não tinha importância. Afinal, parece que tem. Mas fui eu que lhe disse para ir até lá fora.

*

Regressei ao seminário daí a dias. Mas agora levava comigo uma legião de demónios que me atormentavam o corpo e a alma. Dobrado sobre mim, de peito encovado, jamais como agora o mundo me parecera hostil. Uma ávida magreza escorria-me a face, secava-me, como um grito de alarme permanente. A um simples olhar dos outros, todo eu tremia em prevenção. Sobretudo diante de mulheres. Não me turbava apenas o vapor quente do seu corpo, apavorava-me sobretudo a sua independência. Sentia que o amor era uma luta e que eu, amarrado de preto, não poderia lutar. A bruscos golpes de cólera, eu erguia-me às vezes sobre o meu desalento. E atirado nela, como numa vergasta, parecia-me que era só abrir a mão para colher o meu sonho de liberdade. Mas o meu esforço esgotava-se antes do fim. Então eu recaía para o meu cansaço e sentava-me à borda da estrada a dizer adeus à vida com o olhar. Assim, lentamente, de tal modo e para sempre tudo me ia ficando longe que o vulto grande da posse de mim próprio como que me apavorava, e eu sentia agora um prazer estranho não em conquistar a vida mas somente em desejá-lo. Nada nascera para mim. Nem o pão que mordia, nem o calor do meu corpo, nem as pragas que me escaldavam a boca. Por isso me fechei na minha resignação, tomei a camioneta, disse adeus à aldeia outra vez. Lembro-me bem dessa manhã de Março, resfriada, polida de arestas. Um vento linear cristalizava as coisas, varria as areias da estrada. Tímidos borbotos estalavam nos galhos, os veios de água tilintavam como moedas cunhadas de fresco, uma argúcia de aço desfibrava tudo até à evidência. Lembro-me bem dessa manhã e de como, tocado pela sua clareza, eu senti, num momento inesperado e à superfície de mim próprio, como não sei explicar, que era fácil, afinal, e era puro estar vivo. Tudo porém bem depressa foi esmagado pelo surdo rodar da camioneta. E de novo me vi só, disperso em longa ausência. A fixidez de todo o interior da camioneta, deslizando sobre a rápida e sucessiva aparição das árvores, caminhos, casebres que saltavam à estrada, dava-me a sensação estranha de uma suspensão do tempo, quase como a que se tem quando se vai de ascensor pelo escuro. Mas era como se cada coisa que passava me levasse uma parcela de atenção e eu ficasse, por fim, vazio de mim próprio. O breve tumulto das paragens reagrupava-me um instante. Mas logo de novo me perdia de mim. Até que, à curva de Celorico, a lembrança violenta do Gama me entrou, como outras vezes, pela vidraça, e se sentou a meu lado. Membrudo, carregado, o Gama tinha no entanto um ar preso e triste. Usava ainda, talvez, desde há um ano, o fato preto do seminário, para acabar, e era decerto por isso (apesar da gravata vermelha, ou amarela) que ele tinha o ar vencido. Sentia-se mal, cercado ainda de medo e de desprezo, infeliz com a liberdade que tinha, como se a não merecesse. Conversámos longamente, na angústia de uma memória afogada, cobertos de lodo até aos olhos. Mas depois a camioneta começou a subir a serra para a Guarda, e eu prendi-me dos grandes montes fronteiros e desci ainda, para o lado de lá, até à minha aldeia longínqua. De modo que, ao olhar de novo ao lado, vi que o Gama desaparecera. Mas eu segui a linha da sua ausência e comi na venda da estação, e saudei ainda nos colegas, quando me sentei no comboio, a memória da sua força. Ninguém, todavia, me perguntou por ele. Nem há um ano, nem depois, nem agora. Ninguém falara nunca na sua coragem. Eu porém tinha a certeza de que no silêncio do seu sangue ele lhes marcava a vida como uma cruz de pedra...

XV

Breve as tardes de Verão se desdobravam de novo, longamente, por um céu de eternidade. E isto, que é tão pouco, trouxe outra vez tanta coisa nova e bela para mim que eu me senti quase em paz. Havia agora menos noite, dos longes vinha um enervante perfume a criação, as madrugadas eram altas de vastos clarões de esperança. Lembro-me bem de ver romper o dia para lá das grandes vidraças nuas, de o ver invadir as orações da manhã, de me sentir subitamente enérgico na avidez da frescura matinal. Lembro-me, depois, do mormaço da tarde e finalmente da paz grande ao pôr do Sol.

Quando veio o mês de Maio, de novo se apoderou de nós um estranho entusiasmo de seiva e liberdade, mas com um sinal intrínseco de êxtase e doçura. No pequeno jardim do seminário rescendiam as violetas, os campos em redor estavam verdes de promessa, e no ar cálido, ao escurecer, ecoava brandamente a memória breve do dia. À noite fazia-se a devoção do mês de Maria com flores, luzes e cânticos. Era uma devoção bonita, literária como o Natal e cuja unção nós explorávamos frequentemente nos exercícios de Português. Assim, lembro-me bem de que ficávamos tristes quando chegávamos ao último dia e cantávamos o *Adeus*. Um halo de encantamento, uma ternura longínqua, dissipava-se no ar para nunca mais. Sentíamo-nos sós, num monte ermo, despedindo-nos de não sei que ilusão benigna e silenciosa.

Quando vinham os grandes calores de Junho, rezávamos o terço ao ar livre, arrastando-nos numa longa coluna quatro a quatro, por entre os finos castanheiro do recreio ou parando no alto de um cerro, frente ao largo vento da tarde. O dia acabava devagar, arfando de cansaço. Eu gostava sobretudo de rezar no alto do monte, reunindo num só olhar a dispersão do vale, a mudez branca do casarão do seminário, lá em baixo, a solidão de tudo. Parecia-me assim, como não sei dizer, que tudo em mim rezava, não ao céu que estava sempre distante, mas à angústia do entardecer que era só da minha desolação. Cadenciadas, soturnas, as orações subiam em coluna, até ao alto, pairavam um instante, dispersavam-se com o vento. E, levado com elas, também eu me dissipava, raiado à lonjura, como um brado de sinos que já se não ouvisse... Ou então, quando às vezes, a essa hora, passava em baixo, no limite do meu sonho, o assobio alegre do comboio, eu abalava logo com ele, segurando-me à sua mão, até que, já medroso das terras desconhecidas, regressava sozinho outra vez. Atrás de mim, pesados e densos, subiam os dois coros da reza, enegrecendo o céu. Lentamente, duas grandes pálpebras iam-se fechando ao alto, sossegadas, e dois grandes braços estendiam-se para a terra. Uma dádiva sem margens abria o mundo todo à aparição das sombras. Então benzíamo-nos e descíamos a encosta. Eu procurava o Gaudêncio, mas quase nem conversávamos, submersos, até a boca, da tarde fatigada...

Ora, em certo dia desse Verão, tivemos *casa de campo*. Havia normalmente uma apenas por "época", o que as tornava mais apetecidas. Partíamos de madrugada, electrizados de esperança, almoçávamos ao ar livre e regressávamos ao jantar. Era uma alegria alta, quase fatigante, que nos limpava de tudo, por virtude até do próprio esforço.

Nesse dia, como de costume, largámos ao clarear da manhã e durante horas palmilhámos a estrada, as veredas dos montes. Cada divisão seguiria o seu rumo até que, à hora aprazada, nos reagruparíamos todos num local combinado para almoçarmos. Justamente recordo-me de que me diverti como nunca nessa *casa de campo*, mas à custa, em grande parte, do Tavares. Paguei duro o meu prazer, como vou contar. Antes disso, porém, falarei desse Tavares. Ficava ele à minha beira no salão de estudo, como disse, por troca com o Gaudêncio desde o primeiro ano. Se bem que, todavia, aprendesse a aborrecê-lo melhor a partir dessa altura, já de há muito que eu o detestava firmemente. Lembra-me que um dia o Gaudêncio, equitativo, quis saber porque é que eu lhe queria mal:

— Se ele nunca te fez nada! — admitiu.

Não fizera. E no entanto o meu asco era sincero e puro. Detestava-o por perfeitas razões, mas não sabia esclarecê-las.

— É um figurão — resumi ao Gaudêncio, por me parecer que assim explicava logo tudo.

Tavares era um seminarista perfeito, um técnico da correcção. Havia porém dois tipos de seminaristas perfeitos: os secamente exactos e os que o Gama chamava "seráficos" ou "melados". Os primeiros obedeciam militarmente ao regulamento. Padre Martins devia ter sido um seminarista assim. Tinham a vida e os gestos enquadrados de perpendicularidade, eram um pouco corados e trabalhavam sincronizados como máquinas disciplinadas. Já os seráficos traziam a cabeça um pouco de lado, usavam a boca em aguça-lápis e eram pálidos ou brancos como os anjos e os lírios. E naturalmente tinham muita devoção com S. Luís Gonzaga. Uns e outros, porém, eram fanáticos executores do regulamento. Precisamente (suponho hoje) o que me repugnava no Tavares era ser ele um seminarista perfeito *sem razão*. Sim: não julgo realmente que ele fosse um hipócrita. Como não suponho que ele *sentisse* mais que os outros os seus deveres de seminarista. Havia apenas uma distância marcada entre a sua técnica exacta e as razões para isso. Como se fosse um formalista da compostura. Creio que ele tinha um tio padre. E era possível por isso que já antes se tivesse treinado no comportamento. Não sabia eu pois as razões do meu asco por aquele ascetismo rigoroso. Mas sentia de qualquer modo que a compostura do

Tavares nos ofendia, era *de mais* para ele. Sentia, como não sei explicar, que ele a não merecia, ou não merecíamos nós que ele no-la impusesse, como um ultraje à nossa imperfeição. Mais tarde, quando mo puseram ao pé, detestei-o ainda, porque a sua rigidez me tornava a vida mais difícil. Realmente, em todo o ano, Tavares nunca despregou a boca para me dizer uma palavra ou fez um gesto para me atender no que fosse.

Por isso mesmo, no passeio vinguei-me. Tavares e os técnicos da perfeição sentiam-se mal nos recreios. O reino deles era o silêncio e a disciplina. Fora disso, andavam desorientados, porque não tinham adquirido ainda a técnica da alegria. (Só de resto os militarmente perfeitos atingiam essa técnica, mas mais tarde.) Tavares, como de costume, caminhava embaraçado, mãos dadas à frente, conversando sumariamente com o Palmeiro, ou não conversando com ninguém. Mas a nossa alegria era tão grande que a virtude do Tavares destoava. Então o padre Martins, que me parecia detestar o Tavares como um rival, chicoteou-o asperamente:

— O menino não brinca?

Tavares engelhou todo, ferido de humildade:

— Eu brinco, senhor padre Martins.

— Então pule, corra como os outros.

Tavares correu, tropeçando no seu acanhamento. Mas, em certa manobra, caiu-lhe o cinto da blusa. Como só eu lho vira cair, apanhei-o rapidamente e meti-o ao bolso.

— O seu cinto? — perguntou padre Martins, regrado de compostura.

Tavares palpou-se, embaraçado. Não sabia. Perdera-o certamente. Ora o cinto da blusa era indispensável, porque só os criados usavam blusa sem cinto. Se porém nos chocava o aspecto do Tavares, com as abas a voar, não era puramente por faltar ao regulamento, mas porque, subitamente, ele tinha uma qualidade de criado. Um ar carnavalesco o vestia assim, dos pés à cabeça, e nós rimos de gosto. Nunca se tinha visto uma amarelidão seráfica, de mãos atadas, olhar de martírio, vestida de servente, num instante imaginada a lavar a louça ou a tratar do cavalo. Sobretudo nunca se tinha visto o Tavares a ser isso precisamente. Foi decerto por tal motivo, por uma íntima e inexplicável razão de decência, como se o Tavares levasse as ceroulas de fora, que o prefeito ordenou, peremptório:

— Se perdeu o cinto, prenda a blusa de qualquer maneira.

E fui eu mesmo que emprestei uma guita ao Tavares. Não sabia que destino daria ao cinto. Mas guardei-o.

Uma hora depois, esgalgados, surdos de fome, acampámos todos numa quinta verde de grandes árvores. Dois criados descarregavam da carroça os grandes panelões do almoço e em breve sossegávamos. Em volta, os grilos cantavam a nossa liberdade, e do alto, de cima do vento e do arvoredo e do azul tranquilo do céu, descia-nos para a face um bafo íntimo e quente. Até que, findo o almoço, um padre prefeito nos mandou levantar. E imediatamente uma turbulência reforçada revolveu toda a quinta. Foi quando voltou a lembrar-me o cinto do Tavares. E num instante achei-lhe um destino. Prendi-lhe um alfinete e preguei-lho, clandestinamente, à blusa. Fulminantemente, todos os seminaristas descobriram no Tavares um ridículo inexprimível, uma deformação virginal daquele rabo comprido e de rojo, assim pegado, como negação excessiva, a um corpo destruído de virtude. Era uma invenção demoníaca feroz e arguta, como nas torturas dos hagiológios. Sentíamos todos isso mesmo, mas não sabíamos exprimi-lo senão por ferozes gargalhadas, como surriadas de latas. Decerto, porém, padre Martins atingiu, mais longe do que nós, a íntima raiz do escárnio, e com uma seriedade vigorosa bateu as palmas, perguntou:

— Quem é que tinha o cinto?

Três vezes o perguntou. Ninguém respondeu. E a alegria do meu feito impune encheu-me a alma de orgulho...

À noite, porém, durante o exame geral de consciência, sobreveio-me abruptamente o castigo. Do meio da capela, pela voz devota do seminarista leitor, veio até mim a primeira pergunta:

— Como fiz o meu último exame de consciência?

Silêncio. De fronte pendida, apoiada na palma da mão, todos os seminaristas pensavam, cansados. Eu recordava o passeio, os caminhos percorridos, as aldeias por que passara, deitado ao comprido da minha fadiga feliz.

— Fiz as minhas orações com devoção? — teimava o seminarista leitor.

Novo silêncio prolongado por cima de duzentas cabeças reunidas.

— Respeitei os meus superiores.

Outra vez o silêncio. Mas repentinamente estampou-se-me, viva, na lembrança, a imagem do Tavares com o rabo. Era uma figura desgraçada, informe, triste da sua qualidade animal, com um ar agachado como se a cauda lhe pesasse. E uma violência de riso forçou-me todo no ventre, na garganta, nas bochechas. Atirei patadas furibundas àquela estúpida hilaridade, mas, por mais que a espancasse, ela não recuava um passo. E outra vez, a golpes bruscos, me atirava marradas a todo o corpo uma vontade bruta de rir. Cerrei os dentes com ódio, chamei-me imbecil aos urros, falei a mim próprio de todos os terrores e castigos. E o ímpeto, travado na boca, refluía, enfim, vencido, julgando eu por isso que iria sossegar.

Mas, quando menos o esperava, ele aí voltava outra vez, como um touro a bufar, batendo os cascos barulhentos. Mordi a língua, mordi os lábios, roxo de pressão e de raiva. E de súbito, no instante mais tenso da luta, por cima do silêncio maciço, ressoou claro e inesperado, ó Deus, desde cima até baixo — um traque absoluto. Por mais que eu não quisesse acreditar, era realmente um traque, um traque verdadeiro e firme, desde o cimo da capela até ao fundo. Imediatamente uma quadrilha de risos esguichados atacou-me pelas costas, pelos flancos. E num ápice, todo o corpo me ficou cravado de facadas. Senti-me oco e desamparado como nunca. À minha volta, cada qual procurava afastar as suspeitas:

— Foi ele! Foi ele!

Deus do sacrário, fui eu. Fui eu e não tenho perdão. Nem o peço. Tenho sofrido tanto que aceito já o que vier. Assim, logo que as orações terminaram, Taborda aproveitou um ângulo do corredor para me atirar sem receio aos cães:

— Artilheiro!

E imediatamente me cercaram os dentes alegres de todos:

— Ar...ti...lhei...ro!

E assim fomos até à camarata. Dispersos aí, eu vi os companheiros rirem ainda de longe, conversando brevemente, apontando-me com os olhos. A acusação queimava-me os ouvidos, prostrava-me de ignomínia. E outra vez, das raízes da minha raça, eu senti vir sobre mim, gravada de fatalidade, a mascarra da condenação. Padre Tomás acabou com os risos e conversas. Mas, do centro do silêncio, eu ouvia ainda bater-me contra o crânio a acusação de todos:

— Foi ele! Foi ele!

Só pela madrugada adormeci. E no dia seguinte quase não brinquei nem falei com ninguém. Gaudêncio veio ter comigo e disse-me:

— Mas porque é que te importas assim?

Submetido, porém, à importância do que ali era importante, ele estava tão triste como eu. Quantos desastres mínimos nos não venciam ali! Um erro de leitura, uma repreensão em voz alta e sobretudo as falhas desta nossa grosseira natureza... Assim penso hoje que o "Em Roma sê romano" não é um preceito, mas uma fatalidade.

Mas dois dias depois, estava eu à espera de vez à porta de uma retrete para *necessidades maiores*, vejo vir direito a mim o Taborda. Estávamos sós, e uma sede de vingança abrasou-me. Mas o Taborda, ao passar-me ao pé, e sem voltar a cara, atirou-me ainda pelo canto da boca:

— Artilheiro!

Ceguei. Comido de ira, todo o meu corpo se me atirou adiante e eu deixei-o ir. Com uma das mãos segurei o Taborda e com a outra massacrei-o aos murros. Atacado de surpresa, o bandido mal se defendia. Até que, a um golpe meu mais duro, atirado ao estômago, Taborda dobrou-se de dores, chorando com alarido. Então, vindo de algum passeio solitário, apontou à nossa frente, a passo lesto, a figura esfibrada do padre Lino. Desprendi-me do Taborda e esperei, hirto de medo. Simultaneamente, padre Lino abrandou o passo e foi já com um breve meneio de ameaça que se abeirou de nós. Taborda tinha um lábio ou uma face rachada e chorava sempre. O padre, em silêncio, examinou-lhe a cara atentamente. Eu aguardava, quase sem respirar. O prefeito, por fim, solucionou a questão:

— O menino vai ao senhor padre Tomás que lhe faça o curativo. Quanto a nós, já falamos.

E afastou-se. Alguns seminaristas, que entretanto apareciam, olhavam assombrados, fitando alternadamente a cara arruinada do Taborda e a minha ira amordaçada. Meti-me para uma retrete e lá fiquei tempo sem fim. Sentia-me abandonado pelo Céu e pelo Inferno, tão atolado de miséria que nem Deus nem o Demónio me suportavam. Sentia-me, como nunca, num deserto mais vasto e mais ermo do que nas crises dos meus pecados. Assim, nem tinha coragem de pensar em qualquer solução extrema, como ficar ali para sempre, ou fugir, ou matar-me.

Depois de tanto cansaço, tanto ódio triste, tanto desprezo, eu próprio tinha nojo de mim. Olhei as minhas mãos tintas de sangue e senti náuseas de agonia. Era como se eu mesmo já estivesse do lado dos outros e me fitasse com asco. Talvez por isso, nem chorei. E, submetendo-me à força do destino, saí do esconderijo, fui entregar-me ao suplício.

Quando entrei no salão de estudo, encontrei em todos os olhares uma grande agitação de expectativa. Via-se bem que me estavam aguardando há muito tempo, talvez porque o Taborda já regressara com a cara negra da tintura e da pancada. Mas eu, nessa altura, não o vi. Senti apenas cair-me em cima, logo que abri a porta, o tropel alarmado de duzentos pares de olhos. Padre Alves estava no púlpito e olhou-me também com ansiedade. Então, subitamente, quando eu me dirigia para o meu lugar, vejo vir devagar, desde o fundo do salão, com as mãos metidas nas mangas da batina, o padre Lino. Compreendi logo que estava ali à minha espera desde a cena. Mas, como me não dizia nada, desviei-me para o deixar passar. Ele porém não passou e ficou ali, em pé, diante de mim. Depois, com a sua voz miúda e nasal, cerzindo as sílabas de uma a uma, ordenou-me até ao tecto do salão:

— Vá ao meu quarto buscar a palmatória.

Desamparado de tudo, fui. Saí à porta e tão cansado me senti que o escuro dos corredores me foi quase um afago bom. Caminhava devagar, tentando lembrar-me de muitas coisas passadas, como se repentinamente me sentisse envelhecido. Depois, a imagem do padre Lino saltava-me adiante e calava-me as lembranças. Então recordava o que se dizia desse homem, meio padre de Deus, meio padre de bruxas e do Demónio. Contava-se que muitas vezes padre Lino, de dia ou de noite, rompia pelos caminhos da serra, para longos passeios solitários. Vivia fechado sobre si, rilhado de uma ira aguda e sombria.

Pequeno e branco, seco de fel e tristeza, castigava ferinamente mas com uma íntima melancolia, como se o castigo para ele fosse o prazer de um vício secreto e irremediável. Não ria, mal falava, seguia o seu ácido destino com uma espécie de santidade no pecado. Mantinha externamente um rigor e uma alvura disciplinares; mas sentia-se que pelo centro de cada osso, de cada fibra nervosa, lhe escorria um frio de veneno. Nós porém não entendíamos aquele homem estranho. E só imaginávamos vingar-nos. Assim, todas as histórias sobre o padre Lino clamavam por gestos heróicos de vingança. Noutros tempos tinha havido um seminarista corajoso que se empinara ao homem, o subjugara. Quando? Que seminarista? Não sabíamos. Mas que mitos foram falsos para a dor que os pediu? Por isso eu agora, atravessando os corredores, ia pensando nesse herói imaginário que nos vingara a todos para sempre daquela peste...

O quarto do padre Lino era numa camarata da 1.ª Divisão. A porta estava entreaberta. Mas fechei-a atrás de mim, como para me defender da ameaça que me perseguia, e gozar um pouco, sozinho, a tarde tranquila que eu via além da janela. Um sol avermelhado rasava as árvores do jardim, coroava em silêncio a cabeça dos montes. No ar fresco de brisas, as pancadas do tanoeiro subiam para o céu, de grandes braços abertos... Num instante parei frente à janela a olhar tudo isso, banhado de súplica sem esperança. Tomei a palmatória e desci. A ansiedade geral era já inquietação. Padre Lino aguardava-me à porta, direito, na sua estatura curta, louro e azul, como uma pureza criminosa. Filando-me de olho vivo, tomou-me a palmatória das mãos e mandou-me ocupar o centro do espaço vazio, de modo que todos pudessem beneficiar do espectáculo. Olhei um momento o padre Alves: padre Alves estava em pé, lá no púlpito, hirto de palidez.

Padre Lino começou:

— Sabe porque vai ser castigado?
— Sei, sim, senhor padre Lino.
— Acuse a sua falta bem alto, para todos ouvirem.
— Bati no Taborda.
— Porque bateu?
— Porque...
Ia sujar-me outra vez. Não disse.
— Responda — teimou padre Lino na sua voz breve de navalha.
— Foi porque me chamou... me chamou "artilheiro".
— Taborda — clamou o padre.
Taborda levantou-se, veio para o pé de nós. E explicou:
— Eu não disse nada. Eu não disse nada e ele começou a bater-me.
Protestei. Mas como provar? Calei-me.
— Peça perdão — ordenou padre Lino, frígido.
Era de mais. Fiquei quedo.
— Peça perdão!
— Perdão, senhor padre Lino.
— De joelhos.
Não houve remédio: ajoelhei, pedi perdão.
— Pode levantar-se.
Voltou-se depois para o Taborda:
— Pode sentar-se.
Fiquei só diante dele. Só, sem ninguém. Padre Lino preparou a palmatória.
— Estenda a mão.
E eu pensei: "Nome de Deus! Ele vai arriar-me com toda a força". Eu tinha um corpo forte, não dava pena malhar. Estendi a mão.
— Mais à frente.

Puxei a mão mais à frente. Havia um silêncio absoluto. Alguém passou junto às janelas, assobiando. O Sol dizia adeus, devagar, desde o cimo do céu. Estava tudo a postos. Padre Lino atirou para o ombro a aba da romeira para ter o braço livre e tomar balanço. Com uma certeza linear, ergueu alto a palmatória e torcendo um pouco o tronco, no esforço, descarregou o primeiro golpe. Senti a mão subitamente destruída com um ardor vivo na concha e nos dedos. Mas logo uma dor começou a inchar-me até ao ombro. Antes porém que eu a sentisse toda, outra vez a palmatória me queimou a mão. Os tectos altos ecoavam a estalaria. Parecia-me que a dor recomeçava agora de mais fundo, quando outra vez a férula a calou.

— A outra mão.

Não fechei os olhos, e, empedrado de uma força desconhecida, também não chorei. Estendi a outra mão. A romeira caíra-lhe para o peito com os balanços, padre Lino atirou-a de novo para trás e ergueu ainda a palmatória. A minha mão direita regressava à vida, de muito mais fundo, mas pesada de sofrimento. Súbito, na mão esquerda, uma explosão seca e a destruição total. O ressoar das pancadas aprofundava o silêncio. Não havia ninguém à minha volta: só eu em frente da minha dor. Um calor doloroso crescia-me na mão esquerda, quando de novo uma queimadura súbita a aniquilou. "Podes bater-me quanto quiseres, padre. Aguento tudo. Bate mais. Outra vez." Ele bateu. Ficou extenuado. Olhei então o padre Alves, que de pé, sobre o púlpito, estava branco de morte.

— Uma hora de joelhos — ordenou ainda o padre Lino.

Ajoelhei todo inteiro. As mãos caíram-me ao longo do corpo. E ali fiquei exposto à injúria dos outros e de mim. Algum tempo depois já todos me tinham esquecido e revolviam as folhas dos seus livros nas carteiras. Mas de vez em quando descia ainda sobre mim o olhar silencioso e compassivo do padre Alves.

XVI

Fazia exame daí a poucos dias. Preparei-me como pude, com um escrúpulo sem razão. Uma fadiga de tudo e de todos fechava-me para a vida e até mesmo com o próprio Gaudêncio raramente me apetecia conversar. Mas quando o meu isolamento chamou de novo a atenção dos prefeitos tive de modificar-me. Porque um dos crimes mais perseguidos e mais desejados no seminário, como creio já ter dito, era precisamente o pecado da solidão. Quando algum de nós se afastava para dentro de si próprio, logo a vigilância alarmada dos prefeitos o trazia de rastos cá para fora. Os superiores sabiam que, à pressão exterior, cada um de nós podia refugiar-se no mais fundo de si. Como sabiam também que a descoberta de nós próprios era a descoberta maravilhosa de uma força inesperada. Nenhuns sonhos se negavam ao apelo da nossa sorte, aí na nossa íntima liberdade. Por isso nos expulsavam de lá. Mas, uma vez postos na rua, havia ainda o receio de que as nossas liberdades comunicassem de uns para os outros e ficassem por isso ainda mais fortes. E assim nos obrigavam a integrar-nos numa solidariedade geométrica, ruidosa e exterior como de ladrilhos. Em todo o caso, secretamente e longe, eu continuava a comunicar com o Gaudêncio. Tinha confiança nele, uma confiança anterior às palavras que dissessem, mais certa e verdadeira do que um olhar aberto. Por isso um dia, pela tarde de um recreio, declarei-lhe:

— Gaudêncio. Agora é que é. Nas férias grandes, saio.

— Também eu — acudiu ele em alvoroço.

— Se calhar, já nem venho ao retiro do meio das férias. A minha mãe não se importa.

Gaudêncio ficou sério de repente, perguntou:

— Mas então se sais, porque é que tu agora te portas tão bem?

Eu porém não sabia. Tinha em todo o corpo uma tranquilidade nova, como uma verdade final. E parecia-me que, se me não portasse bem, despertaria a cólera de Deus, que já estaria conformado com a minha decisão. Por isso me preparava atentamente para os exames. Sabia que depois de tudo viria a paz para sempre. Quando chegasse ao pé de minha mãe e lhe dissesse: "Mãe! Já não quero ser padre", ela talvez risse, batesse as palmas, divertida: "Toma! Já não quer ser padre! Mas então se não queres, não vás, meu filho". Tiraria logo a gravata preta, andaria em mangas de camisa, espojar-me-ia, como um animal, no gozo da minha liberdade.

Fiz exames, como disse, daí a dias. Mas aquela partida para férias foi de novo bem estranha para mim. Porque não partíamos todos juntos — partíamos aos grupos, à medida que íamos concluindo os exames. Eu fui um dos primeiros. Mas antes de mim partiram, entre outros, o Tavares, que teve 12 a Latim e Geografia, e 11 a Português; o Taborda, que teve 11 às três; o Palmeiro, que teve 11 a Português e a Geografia, e a Latim foi "adiado". Por mim, com um exame quezilento com o Lino, tive 12 a todas.

Por uma manhã alta de Verão, parti para a minha aldeia e o Gaudêncio ficou. Lembro-me bem dessa madrugada, ampla e vermelha, erguida em cúpula desde a Gardunha até serra da Covilhã. Um padre veio trazer-nos à porta, a mim e aos do grupo, e ficou ainda a fiscalizar-nos até onde pôde. Em breve, porém, a curva nos libertou. E outra vez eu senti dentro de mim um poder excessivo, como se me visse subitamente rico e não soubesse o que fazer do dinheiro. Porque os do grupo não eram meus conhecidos e eu estava assim sozinho, senhor de mim, com o seminário ao pé, mas justamente por isso *mais livre dele*. A estrada que tantas vezes pisara na forma, amarrado à regra, corria agora ali sob os meus pés libertos, diferente, com um certo ar íntimo de quem me esperasse em silêncio há muito tempo. Olhei as árvores e senti descer delas um olhar vivo e fraterno. Parei junto de uma, corri, devagar, os meus olhos pela sua casca rugosa, e foi emocionado que a senti do meu destino, irmanada às árvores da minha terra distante. Lentamente a manhã ia-se abrindo em leque por todo o horizonte, debruçava-se, suspensa, da altura do céu. Um grande arco de triunfo levantava-se de pólo a pólo e eu passava por baixo dele, silencioso, mas investido de uma glória antiga, como se passasse por um solitário arco de ruínas...

Por coincidência, nenhum seminarista tomou o comboio comigo. Assim parecia-me que todo o movimento da estação fora por minha causa, e isso confundia-me. Mas na carruagem de terceira ia um grupo de aldeões, de cestos abertos à frente, comendo o farnel. Fugi para um canto, junto a uma janela, e aí fiquei. E, pela tarde, na camioneta da carreira, cheguei finalmente à minha aldeia.

Eis que, porém, durante os primeiros dias, já com dois anos de seminário garantidos com exames, me senti inesperadamente importante, quase vaidoso de mim mesmo. D. Estefânia tratava-me correctamente, os meninos sorriam-me e falavam-me como que os receosos, a minha gente olhava-me com humildade. E por tudo isto parecia-me que a *novidade* de eu ter vindo, de estar ali há pouco, me dava direito a sentir-me orgulhoso. Mas rapidamente tudo regressou ao antigo e eu voltei a sentir-me das margens da vida: a Mariazinha perguntava-me de novo quando é que eu cantava missa, o senhor capitão mandava-me deitar cartas ao Correio e o tio Gorra voltou a lamentar a minha sorte por eu não poder um dia ter mulher. Mas o que mais me torturava eram as maldades do doutor, que em breve vinha a férias também. Lembro-me de que, quando chegou, fomos todos esperá-lo ao portão. Ele desceu do carro, com o seu ar fatigado,

o olho vesgo a esfuzilar como um foguete, as mãos amarelas de vício. Beijou os pais, os irmãos, ergueu um dedo para mim:
— Olá, padre.
D. Estefânia sorriu docemente da graça, eu corei.
Ora nas grandes sestas de Agosto o Dr. Alberto chamava-me com frequência para o seu quarto, estendia-se na cama, punha-se a conversar. Algumas vezes entregava-me um assunto para eu discorrer, e pouco depois deixava-se dormir. Mas normalmente gostava de discutir coisas de padres, que eu defendia sempre com ardor, e até mesmo problemas de religião. E quando estava farto, fumava sem me ouvir, ou então, na sua voz presa de catarro, ordenava-me:
— Acabou. Põe-te a cavar.
E eu saía sem mais palavra. Mas não me aborrecia, porque a familiaridade com que me tratava pagava-me de tudo.
Mas dentro em pouco, no fastio dos dias, como eu estava desarmado para lhe responder, divertia-se comigo:
— Que é que tu fazias se encontrasses a Carolina no teu quarto?
E um clamor brusco de terra e de cólera subia-me até à boca: "Era minha!". Mas uma confusão de sangue e nevoeiro embrulhava-me logo todo — e eu fugia. Sentia-me inteiro na posse dos outros, sentia-me vencido por aquele boneco de injúria, aquele escárnio de dentes. Um pavor intrínseco recosia-me comigo, um asco de tudo emprestava-me a alma. Com malícia secreta, o Dr. Alberto, de olhar vítreo, sesgado de veneno, explorava alegremente a minha condenação:
— Dizem para aí que te atiras às moças. Qualquer dia capam-te ou acusam-te ao bispo.
"Eu mato-o! Eu mato-o!" Lívido, eu sentia-me destruído finamente, agudamente, como se uma chama subtil me queimasse cada nervo... E, frio de medo, respondia:

— O senhor doutor deixe-me!
Até que uma tarde fui a minha casa, falei a minha mãe. Queria acabar com tudo, fugir para o meio da força que me roubavam:
— Mãe! Não volto para o seminário!
Não havia ninguém mais em casa. O tio Gorra saíra da aldeia, para longe, os meus irmãos estavam para o trabalho ou para a rua. Era uma tarde quente, a terra abrasada fervia em silêncio. À minha declaração, minha mãe ficou imóvel, a massa do seu corpo bruscamente empedrada. Não eram só as minhas palavras que assim a fulminavam, mas sobretudo a certeza que as estalava de sentido. Por isso ela teve medo de mim. E humilde, mas com uma força pesada dentro dessa humildade, falou-me longinquamente da fome dos seus sonhos, como se falasse à majestade de Deus:

— Olha, meu filho, um dia o teu pai pôs-se a futurar a vida dos teus irmãos. E disse: "Os rapazes são rapazes, sempre se arranjam; mas e as raparigas?". Ele nunca tinha dito nada assim, mas a doença fazia-o malucar. Depois morreu. E um destes dias o teu tio disse-me assim: "Quando o António for padre, as raparigas mais novas vão com ele". Eu nunca tinha pensado nisso e então veio-me uma alegria tão grande que eu pensei que era de mais. Tu porque já não queres ser padre? Mandavas sempre umas cartas do seminário a dizeres que estavas lá tão contente...

Pelas portas das janelas sem vidros, eu via os campos enrodilhados de fúria, aguentando no dorso a praga do calor. Um olho ingente baixava do céu, fitava os campos, imóvel, um silêncio rígido vibrava verticalmente como corda retesa... Minha mãe falava e cada palavra sua, como uma carícia funesta, arrancava-me golfadas de suor. Doía-me o corpo todo, tinha brasas vivas na nuca.

— Porque não queres voltar para o seminário?

Eu ia justamente explicar, mas minha mãe falou mais duro, metendo-me pedras à boca. Então calei-me.

— Que sabes tu da vida? — continuou ela, animada com o meu silêncio. — Toda a minha vida tenho sido uma cadela de fome e de trabalho. Se fosses padre, podia passar uma velhice boa. E os teus irmãos tinham um encosto. Nunca quis pensar nestas coisas, mas um dia tinha de pensar. E agora que vou fazer?

E fugi outra vez, pela brecha da janela, batido pela chocalhada de guizos que me atormentavam o crânio...

— Eu logo vi! Eu logo vi que era sorte de mais — massacrava-me ainda minha mãe, campeando já sobre o meu silêncio. — Agora a do Borralho com um filho padre! Poder comer queijo velho no Inverno! Dar-se com as beatas ricas! Era já mesmo para mim! Estava mesmo ali guardado para os meus queixos!

— Mas só vai para padre quem tem vocação, mãe.

— Que é que tu queres dizer com isso? Não me fales em latim, que eu não entendo.

Uma cólera cornuda despedaçou-me o ventre. Pálido e sangrento, blasfemei:

— Quero ser um homem! Quero ter mulher!

— Arranje-a! — arremessou minha mãe prontamente.

Calei-me aturdido. E minha mãe, um pouco aterrada com que dissera, também se calou. Uma mosca-vareja penetrou pela janela e uma vibração gorda e quente, de bordão de bronze, inchou um momento na sala. Algum tempo ali ficámos, calados, um diante do outro, fechados cada qual dentro de si, com a certeza triste de que tudo era já sem remédio. Olhei minha mãe na sua aflição cansada, no seu olhar rude e suplicante, e cobriu-me todo um desejo grande de morrer. Longo tempo uma ave negra pairou sobre nós, unindo-nos com as suas asas compridas... De longe, desde o bafo maligno do seu destino, a face da minha mãe levantava-se-me diante tão perfeita de amargura como um desespero mudo. E então, arrasado de sofrimento, fui para ela e abracei-a e chorei sobre o seu ombro. E disse comigo desde o centro das minhas tripas: "Ó Deus! Como sou infeliz!".

— Pronto — murmurou minha mãe, abarcando-me a nuca na mão. — Vai lá com Deus para a senhora. Olha se lá em casa reparam.

Saí. Um rumor larvar alastrava pelos campos já um pouco desafrontados do calor. Um vento largo de céu e de montanha erguia-se do fundo do tempo, curvava com o azul e caía longe, para lá da noite que viria. Perdido de tudo, olhei longamente a serra a prumo, com um amor cruel e faminto como o de um lobo pequeno acossado... Disperso agora, como nunca, em esquecimento e fadiga, subi devagar até ao alto de um rochedo donde tudo era ausência, e ali fiquei, longamente, aberto à noite e ao silêncio.

Portanto, tudo estava concluído. E assim, quando soou a hora do retiro, parti. Mas agora, na leva de seminaristas que se foi aglomerando pelo caminho, só eu ia triste. Porque para todos o retiro eram apenas os três dias de reza e de silêncio. Rectificados os desvios das férias com setenta e duas horas de exercícios piedosos, todos eles voltariam para a aldeia gozar a paz de Setembro. Deste modo, o próprio sacrifício breve aumentava o prazer para depois. Só eu não ia contente, porque voltaria para as férias, sim, mas nunca mais para a paz, ou para a esperança, ou sequer para a revolta. Tudo estava perdido para sempre; e nos tropeções da viagem fui pensando que se viesse a morte ou eu ficasse prisioneiro no seminário ou o padre Lino me desfizesse à pancada — nada me importaria. E o Gaudêncio? — lembrei-me subitamente. Quem vencera afinal? Ele ou a mãe? Mas justamente, ao saltar do comboio, Gaudêncio apareceu-me de mão estendida:

— Boas férias?

— Gaudêncio! Então tu...
Sentíamo-nos menos infelizes e todavia ambos nos acusávamos surdamente de cobardes. Eu contava com a coragem do meu amigo, talvez, para me atormentar a mim próprio e ter vaidade nele; e ele também, decerto, para ter vaidade em mim. Ali estávamos, no entanto, indefesos, derrotados, tentando reencontrar-nos no olhar triste que demos um ao outro. Não quis saber como tinha sido o seu desastre. Também me não perguntou como fora o meu. Mergulhámos na massa de seminaristas e arrastámo-nos, estrada fora, um ao lado do outro, ao longo da noite quente.

XVII

Passaram-se os três dias de retiro, com rezas, longas horas silenciosas à sombra dos castanheiros ou no salão, confissões gerais, comunhões, prédicas piedosas sem descanso. Depois, acabada a tarefa, demos todos um grande berro de liberdade, e voltámos para férias. Lentamente, triturado na regra, todo o meu corpo se amoldou aos gestos necessários. Setembro e a sua paz passaram a galope. As tardes amarelas cobriam já a aldeia e de vez em quando o vento fazia, de surpresa, umas surtidas de Inverno. Até que, por uma manhã escura, saí de novo para o seminário. E pela primeira vez pareceu-me que ninguém dera conta da minha partida, porque tudo estava acontecendo indiferentemente, como se eu tivesse morrido. Tomei a camioneta para a Guarda, meti-me aí no comboio, saí enfim na Torre Branca, onde já a noite nos esperava. Rapidamente, no primeiro dia, fizemos o balanço secreto dos seminaristas que tinham ficado pelas férias: o Pires, o da 2.ª Divisão, o Soares, o Fernandes, o Henrique, da l.ª, os Irmãos Sá, da 3.ª. Depois, tudo recomeçou.

Eu estava agora na 2.ª Divisão, e o Gaudêncio também. Como não tinha já nada em mim para opor à minha sorte, deixei-me trabalhar sincronizado com o regulamento. Transformei-me devagar, apertado em disciplina, num autómato correcto, e as minhas notas de Comportamento subiram até ao nível de um seminarista exemplar. Voltaram as aulas, veio a chuva e o vento, vieram os uivos dos cães. Em breve os castanheiros se despiam das folhas e as noites alastravam pelas tardes e manhãs. A lama cobriu a estrada e a cerca, os ventos de Dezembro trouxeram as geadas, e por fim tudo o tempo submergiu. Depressa os dias e os meses se me sucederam, cruzados uns nos outros, e eu me vi no meio de tudo, imóvel e todavia crescendo, como uma árvore à beira de uma estrada. Muita coisa aconteceu e me foi modificando certamente, mas não é fácil saber o quê. Relembro, vagamente, a estranha ambição que a certa altura todos tivemos de usar óculos e de como se contava que o Palmeiro os usara em férias, não porque visse mal, mas apenas para estragar a vista e precisar deles depois, como realmente aconteceu. Recordo as "academias", que eram sessões semanais em que se recitavam versos e os seminaristas mais velhos liam discursos extraídos da História, como declaravam logo no começo, quando invariavelmente diziam "compulsando as páginas doiradas da nossa História". Rememoro o cuidado com que o Palmeiro copiava do dicionário listas de palavras "difíceis" para aprender a escrever bem, segundo a estética do padre Tomás, lembro a variedade de penteados que era permitido usar, desde o cabelo em escova à mecha apartada para a direita da testa. Recomponho, enfim, as conversas ilícitas sobre o vício solitário, as histórias extraordinárias que se contavam do Carvalho, tão sanguíneo e impulsivo que os seus pecados eram quase "veniais", a lenda incrível de um Sebastião que em idas a Lisboa conhecera realmente mulheres de carne e osso.

Um ano assim passei, atravessando a loucura, o sonho triste, o crime clandestino. Vivi, amassei-me em humilhação, vi afastar-se de mim e transformar-se espantosamente a vida que não tive. Mas nesta longa viagem, com a amizade do Gaudêncio, eu sentia que alguma coisa se salvava de pureza humana. Com uma tenacidade sem ruído, Gaudêncio falava-me de vez em quando da sua terra, do ofício humilde do pai, da sua esperança para o tempo de homem:

— Fujo, Lopes. Quando for mais crescido, se a minha mãe me não deixar sair, fujo. Tenho um tio em Lisboa e ele disse-me:

"Quando quiseres, podes vir para a minha casa". Ele gosta muito de nós. Uma minha irmã está lá quase sempre.

Eu ouvia-o, mas como acreditá-lo? Perdera a vontade de tudo e a esperança de tudo. Eu não tinha ninguém por mim.

De outras vezes, Gaudêncio contava coisas que se diziam dos padres; e uma tarde de Verão que subíamos um monte, ele parou e perguntou-me:

— Tu nunca, nunca, nunca pensaste assim: "E se Deus não existisse?"

Fiquei sem fala, olhei Gaudêncio com terror. Porque tudo poderia entender: as faltas ao regulamento, a familiaridade com o pecado e até mesmo o falar-se mal dos padres. Mas pôr em questão a existência de Deus parecia-me naturalmente um prodígio maior que o próprio Deus. Na realidade, o maior terror não vinha de ele ter dito o que disse, mas de me lembrar de súbito que o podia ter dito eu. Porque, quantas vezes essa ideia não me ameaçou? Era uma tentação que não chegava a instalar-se em mim; porque logo a afugentava em calafrios. Se Deus não existisse... Não imaginava ainda então todas as consequências de um mundo despovoando da divindade. Mas sentia flagrantemente que toda a máquina complicada que me trabalhava a infância, e que Deus fiscalizava de olhar terrível, se arruinaria por si. Pôr, todavia, a hipótese da não existência de Deus era já uma ofensa desmedida — como uma conjura para assassinar um governante que não chega no entanto a ser assassinado. Gaudêncio era corajoso até à loucura, porque a coragem se não mede pela força que se enfrenta mas pelo medo que vem nela — e Deus era o puro terror. Por isso eu fitava o meu amigo, deslumbrado e medroso por tamanha temeridade:

— O que tu disseste!

Ele então aterrorizou-se também, não tanto, talvez pelo que dissera, como por me ver assustado, julgar até que me ofendera.

Mas eu, precisamente, estava com pena dele, porque sentia naquela tarde grande de Verão uma súbita ameaça da cólera divina abrindo pelo céu, pesando sobre nós com as fúrias do Testamento. Gaudêncio tentou reanimar-me:

— Não te assustes. E eu não disse que não havia Deus. Disse só: "E se Deus não existisse?" Isto assim não tem mal.

Mas eu tinha medo ou o que fosse parecido. E tive-o ainda no outro dia e no outro e no outro. Gaudêncio então veio dizer-me:

— Agora escusas de ter medo, porque já me confessei.

Voltaram os exames, as férias, a troça da minha aldeia ao meu suplício de preso. Voltou tudo e eu senti de novo, nos fios que me ligavam à vida, a verdade natural de que tudo estava certo. Gaudêncio não saiu nessas férias, nem eu saí, nem nada aconteceu que nos restituísse a infância desde onde a tínhamos perdido.

Houve de novo retiro, voltou o silêncio de Setembro, Outubro levou-nos outra vez.

Nesse Inverno, um dos grandes cães morreu debaixo de uma camioneta; e o velho Ravasco, um criado soturno, que se embebedava com orgulho, apareceu morto também, na berma de uma estrada, sozinho consigo mesmo, coberto de esterco e de geada. Afora isso e a amizade do Gaudêncio, que eu sentia bem segura na desgraça comum, nada mais aconteceu de que eu me lembre.

Mas veio ainda a segunda época. E então sofri um novo ataque da fortuna. Mas ele trouxe-me também a coragem ou o desespero que ainda não tivera para me ver de frente e acabar com tudo de uma vez. Porque nas férias seguintes, como depois contarei, tremendo de raiva e de alegria, fui o homem perfeito que o meu ardor esperou — e saí.

XVIII

O vento árido de Fevereiro trazia sempre ao seminário doenças e mau agoiro. Era um vento esguio e furtivo, de pêlo no ar, rebrilhante e facetado muitas vezes de um sol frio de vidro. Recordo muito bem as suas unhas de arame, a sua presença nítida, escanhoada em azul, pura no esquadriado de arestas. Branco e arguto das geadas, tinha uma astúcia fina, penetrando, por qualquer fresta, nos compridos corredores e salões.

Deste modo, quando nesse ano começaram a cair de gripe alguns seminaristas, ninguém se surpreendeu. Mas certo dia, numa aula de Português, padre Tomás perguntou:

— Quantos alunos faltam?

Contámo-los. Faltavam dez. Entreolhámo-nos surpresos, pensando só agora que, numa aula de trinta alunos, dez faltas era já muito. Mas depois, no salão de estudo, reparámos que havia muitas carteiras vazias em todas as divisões. Rapidamente, porém, foram caindo outros. Eu via-os desaparecer e aguardava esperançado a minha vez. Porque ficar doente, embora com a purga rasa de sempre, era uma sorte. Não se ia às rezas nem às aulas, conversava-se todo o dia com os vizinhos, comia-se, depois da purga, durante a convalescença, da mesa dos prefeitos. Mas eu tinha um corpo excessivamente forte e não havia meio de cair.

— Quantos faltam hoje?

— Treze.

Fora abaixo o Fabião, o Valério, o Gaudêncio. Agora era o alarme. E, efectivamente, em pouco mais de uma semana, tombaram duas dezenas. A enfermaria já transbordava há muito de doentes que alastravam agora pelas camaratas. O rigor do regulamento afrouxava, engrolavam-se as lições, conversava-se um pouco em todo o lado. Os meus companheiros no salão adoeceram, nas mesas do refeitório havia grandes clareiras, os criados passavam constantemente pelos corredores com caldos e remédios. Aos primeiros sintomas de arrepios ou de dores, os prefeitos facilitavam a ambição dos seminaristas, mandando-os para a cama. Eu, sempre rijo, sem uma ilusão de frio ou de dor, começava a desesperar. Mas a inveja dos outros foi mais forte e numa manhã queixei-me.

— Vá para a cama imediatamente.

E fui. Mas a epidemia não passava. A toda a hora eu via, à minha volta, novas camas ocupadas, e então não houve remédio senão fechar o seminário. Arrependi-me duramente de me deixar adoecer, porque a cama, o cheiro da doença acabaram de facto por me fazerem sentir mal. Numa madrugada os seminaristas válidos partiram para as terras. Ficámos só os doentes no casarão mais vazio e mais terrível do que nunca. Em breve, porém, as famílias dos que ficaram os vinham visitar, levando de carro os que eram de perto, tinham algumas posses e não estavam em perigo. Como o meu estado não era grave, cedo me abandonaram para ali. Por isso eu observava tudo o que se ia passando, com uma atenção desocupada. Além de que a permanência na cama me roubava o sono, obrigando-me a vigílias por entre os uivos do vento. Mas o próprio movimento fantástico do seminário mantinha-me desperto. Famílias de longe, alarmadas com as notícias da epidemia, chegavam ao ermo do casarão pelo silêncio das madrugadas, batendo grandes golpes nos portões. O prefeito de vigia, com um enorme cobertor às costas, atravessava então os corredores. Outros prefeitos e criados vagueavam pelas noites suadas de lamentos dos que tinham mais febre. Entretanto, alguns seminaristas que melhoravam diziam adeus a tudo e partiam. Eu sentia-me também melhor, mas D. Estefânia não me escrevia e eu não tinha pois dinheiro para a viagem. Em breve os que restavam eram apenas doentes graves e os vastos salões nocturnos se cruzavam de espectros. Duas lamparinas, aos cantos da camarata, oravam recolhidas, de contas na mão, à anunciação da morte... Um silêncio ofegante, pesado de suor, inchava ao comprido do salão, subindo pelas colunas até às nervuras do tecto. Amedrontado de sombras, eu escutava ansiosamente todos os rumores da noite, o arfar da doença à minha volta, os passos nos corredores, os relinchos vítreos do vento... Longo tempo aguardava que a manhã voltasse, virado para as janelas, altas e vazias. E ela vinha enfim, devagar, tacteando a noite, desfazendo o vulto das lamparinas, inundando o salão. Gaudêncio ocupava um lugar numa fila de camas fronteira à minha, do lado de lá dos lavatórios. E quando a manhã vinha, saudávamo-nos com as mãos.

Mas, certo dia, mal reagiu. Eu ergui o braço e agitei-o no ar. Ele apenas me olhou.

— Estás pior? — perguntei.

Ele disse que não com a cabeça. Depois o dia recomeçou, um dia de horas longas, pesadas de doença. Como eu não me decidia a ter febre, padre Tomas ordenou-me:

— Ponha-se a pé. O senhor tem é preguiça.

Não me desagradou a ordem. Levantei-me, fui até ao Gaudêncio, que arfava de olhos cerrados. E pensei: "Está mal, ó Deus, ele está bem mal". Depois vagueei pelos corredores e salões com a estranha impressão de que era um visitante e dominava então os medos de outrora. O regulamento dissipara-se e havia agora só a azáfama do pessoal com os doentes mais graves. Comi na camarata, estive sozinho na capela, pude mesmo encostar-me às vidraças e olhar a liberdade da estrada e dos campos, como nunca nos permitiam. E, a certa altura da tarde, quando regressava à camarata, dei de caras com uma correria alarmada de criados e prefeitos. Olhei em roda, procurando entender. Mas só entendi quando reparei que a cama do Gaudêncio estava vazia.

Depois, acabada a azáfama e o alvoroço, longo tempo a camarata e os corredores ficaram mudos e desertos, como após um saque. A noite já alastrava por toda a parte e o vasto silêncio do casarão parecia assim mais profundo. Saí de ao pé da minha cama e parti sozinho, curvo de ansiedade, a explorar os salões lá para dentro. Tudo abandonado, enorme como nunca. Na camarata da 3.ª Divisão, a chama verde de dois bicos de acetileno alumiava frouxamente o silêncio. Fui prosseguindo em surtos breves. Mas não passava uma sombra nem no largo corredor da escadaria nem no corredor estreito da capela. Apenas nos ângulos brilhava a chama do gás no meio dos seus pratos de vidro nervado. E, de repente, perdido ali no meio das grandes sombras, arrefeci de medo e parei. Escutei então ferozmente todos os ruídos longínquos. Mas só ouvia as pancadas do coração. O vulto negro da noite inchava entre as luzes, conglomerava-se nos tectos. Um cão uivou da cerca para o vento, e um lívido pavor apertou-me a face em mãos ósseas. Corri a uma porta entreaberta e olhei ao longo da capela. Ninguém. Só ao cimo crepitava a lâmpada de azeite, afogada de sombras. E, num impulso inesperado, pensei: "Se o Gaudêncio está mal, Deus, ó Deus, prova agora que tens poder e salva-o". Mas logo me arrependi, não bem, decerto, por estar a "tentar a Deus", mas porque me parecia que deste modo eu agravava a doença do meu amigo. E mudo, gravado a terror e abandono, ali fiquei um momento sem saber que fazer, olhando para lá dos vidros a cerca coagulada de sombras, a grande mata do monte, o céu frio de estrelas. Uma estranha harmonia prendia a noite em fios invisíveis, unia tudo numa obscura necessidade, com súbitos fantasmas, extáticos e brancos, assistindo à execução do destino... E um frio íntimo gelou-me os ossos, um esquecimento profundo soldou-me àquela morte universal, e tudo em mim esperou. Mas um breve rumor acordou-me. Saí pela porta de cima e atingi o fim do corredor. Um bico de gás sibilava subtilmente. Começava aí outra camarata, separada do corredor por um tapume de madeira. Dali me pus a observar esse corredor tortuoso que levava à enfermaria e donde eu esperava saber alguma coisa do Gaudêncio. Mas aí, como em todo o casarão, o silêncio era igual e sem fundo. Até que, bruscamente, um criado rebentou numa correria doida, aos tropeções. Um punho cabeludo apertou-me o coração. Sem abrandar a marcha, o criado precipitou-se para uma escada estreita e a noite toda foi abalada pelo seu alvoroço. Ouvi-lhe ainda os passos ressoarem abertos no cimento do rés-do-chão e desaparecerem finalmente no silêncio. Rapidamente, porém, ele regressava ainda, galgando de novo a escada, correndo outra vez para a enfermaria. E eu ali fiquei algum tempo, à espera que alguma coisa mais acontecesse à minha ardente expectativa. Até que, por fim, no extremo do corredor, começou a agitar-se um grande rolo de sombras. Olhei com firmeza. Eram prefeitos, criados, que se moviam lentamente — e fugi para a camarata. O movimento no casarão recomeçou, padre Pita passou daí a pouco ao pé da minha cama. Fui-me a ele com uma certeza já cravada no coração:

—Senhor padre Pita! Como está o Gaudêncio?

Padre Pita olhou-me com um olhar tão longo e tão negro que toda a noite do mundo entrou dentro de mim. Depois, recolhendo-se a si, benzeu-se sem uma palavra.

— Morreu! — clamei, doido.

— Silêncio, por causa dos doentes – disse-me ele.

— Morreu?! — perguntei ainda ardentemente.

— Já está diante do Senhor — confirmou o padre Pita. Morreu!

Fiquei assim longo tempo, aturdido, olhando o padre, olhando as sombras da noite, até reconhecer enfim que havia morte no mundo. E repetia baixo: "Morreu, morreu".

Então desatei aos soluços e dei tudo o que podia de sofrimento à memória do meu bom camarada, à memória da sua esperança vencida, enquanto o padre Pita me pedia silêncio e se benzia outra vez.

XIX

Foi a custo que o reitor me deixou ir ao enterro. Diante da minha amargura, sentiu bem que todo o rigor do regulamento era pequeno; e, não podendo opor nada à minha dor, cedeu. Assim, na manhã agreste de sol e de vento, seis criados foram-se revezando com o caixão por um caminho pedregoso que levava a uma aldeia ali perto. Atrás, o padre Martins e eu. E logo após, um grupo de familiares vestidos de negro, que eu vira ao portão do seminário, e entre os quais descobri uma rapariga morena, de uns treze anos, e de um belo e grande olhar — talvez a irmã de Gaudêncio, a que vivia em Lisboa. O vento agitava a sobrepeliz do padre, espargia no céu limpo o seu latim. Uma fria memória de ossos, de geadas, de galhos secos, vergastava-nos de Inverno e de desolação, um gélido desespero desfibrava-me a vontade pisada de fadiga... E longo tempo fui escorregando nas pedras, batido da manhã branca, aberta e árida como uma praga. De vez em quando o cortejo parava. Então padre Martins orava em voz baixa e a prece muda de todos subia a prumo até ao céu numa coluna de vento. Depois recomeçávamos a marcha, sozinhos, batendo passos solitários no desamparo da manhã. Perto do caixão, com a memória da face branca de Gaudêncio, que eu vira na capela, era como se tudo em mim caminhasse serenamente para a morte. E assim, naquela manhã de sol e de vento, eu sentia-me quase em paz, tranquilo com tudo, transmigrado a uma obscura quietude de eternidade...

Mas, assim que chegámos à aldeia e entrámos na igreja, um surdo rumor de trevas amedrontou-me. Os padres dos ofícios já lá estavam em duas filas, aziagos, prontos para os cânticos do terror. E logo que o meu amigo foi acomodado na essa, o tenebroso clamor começou. De um lado para o outro, os dois coros iam lançando alternadamente, por sobre o morto, as escuras vozes dos salmos. Lentamente, na cadência do choro, parecia-me que caminhávamos por um deserto sem fim a uma imóvel hora de cinza com um fúria de majestade por cima. Atrás de mim, como um arrastar de correntes, o canto pesado não cessava. Uma nuvem de abutres, remando devagar, longo tempo nos seguiu, deslizando no céu... De vez em quando, porém, e subitamente, eu olhava em roda e via-me sozinho, desacompanhado dos padres e das aves da morte. Mas, pelo ermo escuro, na amplidão cinzenta, o pranto lúgubre ondulava sempre ao vento. Tinha os meus pés gretados e sangrentos, fugindo sempre, recurvado sobre mim. Por cima, na radiação fixa do céu, petrifica-se a face de todos os terrores da minha infância. Uma fadiga entumecia-me os pés, um suor vencido escorria-me pela face. Mas sempre e sempre, hierática e imensa, se erguia atrás de mim, tocando o céu, a sombra do canto lúgubre...

De súbito, porém, um silêncio. Olhei em roda a terra morta, o peso obscuro do céu. E tremi ainda. Mas, bruscamente, o cântico recomeçou. Mais terrível agora, eu sabia que falava de uma ira final, do fogo e das cinzas de um dia de horror. Longe, dos quatro cantos do mundo, quatro colunas de fogo subiam até à vertigem. E, abruptamente, quando reparei, vi-me cercado de um turbilhão de demónios. Eram verdes e vermelhos, casquinavam no espaço como corvos, ou largavam urros como um oceano furioso. Uma virulência estrídula esfogueteava-lhes os olhos, uma crueldade alegre e arremessada espetava-se-lhes nos dentes a pino. Dos dedos longos e ósseos descia-lhes para mim uma avidez oblíqua de unhas sujas; e do corpo peludo e fumegante vinha um vómito leproso de trevas e estrume quente... Em vagas altas, porém, sempre e sempre, levantavam-se-me detrás ainda as vozes terrorosas da ameaça. E era como se toda a terra fervesse em labaredas, sob a hirta majestade do pavor das profecias...

Até que, finalmente, depois de uma última ameaça, os cânticos se afastaram lentamente, para longe — e nunca mais voltaram. Surpreso do silêncio, fui emergindo devagar da minha estupefacção, ergui os olhos ao céu; enchendo a abóbada de horizonte a horizonte, um deus de majestade cerrava os olhos mansamente, diluía-se em azul.

"Estou vivo ainda, estou vivo ainda — só o Gaudêncio morreu." Um apelo de esperança subiu de novo em mim e curvou por sobre todo o negrume da morte e foi até lá onde havia ainda um sol de vivos e o acesso da alegria e a verdade do sangue quente.

Em breve, definitivamente, tudo acabou. Três padres cantaram a missa final, Gaudêncio foi apeado do trono e lançado à terra, e eu regressei ao seminário, como se purificado, nascido ainda uma vez...

XX

Assim, posto em face de uma situação diferente e de uma sua irredutibilidade, sabendo bem que os meus actos eram agora só meus, eu tive a certeza absoluta de que havia de fugir. Voltaram os seminaristas das férias inesperadas, voltaram as aulas e o regulamento. Faltava um mês para a Páscoa, e eu acreditei como nunca que seria o último que não era meu. Não podia imaginar o que levaria para a vida, a não ser talvez uma vontade animal de conquistá-la e a profunda memória humana do meu pobre amigo morto.

Mas, oito dias depois de recomeçadas as aulas, aconteceu um episódio inesperado que me embaraçou um pouco a recordação do Gaudêncio. Foi o caso que, ao regressarmos de um recreio, encontrámos na parede fronteira do salão de estudo qualquer coisa oculta por um grande pano preto. Sentámo-nos todos, mas pouco depois padre Tomás mandava-nos levantar. E, enquanto aguardávamos de pé o que viesse, abriu-se uma das portas do salão e apareceu o reitor. Subiu ao púlpito de vigilância e lentamente, com uma voz grave de luto, começou a falar. Contou então dos cruéis dias da epidemia, dos altos desígnios de Deus, e fez enfim um espantoso elogio das virtudes do Gaudêncio:

— O amor da disciplina, o amor e respeito dos seus superiores, a fé viva que sempre o animou faziam dele um seminarista modelar, exemplo de todos os companheiros. Os desígnios insondáveis de Deus não permitiram que ele chegasse a atingir a sagrada dignidade do sacerdócio, que era o seu sonho mais ardente. Mas, se tal o Senhor não permitiu, saibamos todos imitar o exemplo da sua vida, a beleza da sua alma que tanto pudemos admirar, enquanto esteve conosco. Gaudêncio está hoje aos pés de Deus. Roguemos-lhe que interceda para nós e procuremos todos ser o que ele foi em virtude e amor a Cristo. Tenhamos a certeza de que a melhor forma de homenagear a sua memória é cumprirmos estritamente o nosso dever como ele cumpriu o seu. O seu desejo mais profundo foi preparar-se condignamente para a suprema dignidade do sacerdócio e ver em todos os seus companheiros um fervor igual. Cumpramos os seus desejos, renovando os nossos propósitos piedosos, intensificando a nossa fé e o nosso amor a Deus.

Depois, findo o discurso, alguém puxou o pano preto e a face séria do Gaudêncio olhou-nos a todos lá do alto, revestida imprevistamente de tudo quanto o reitor dissera dele.

Senti-me violentado de traição. Parecia-me subitamente que o Gaudêncio se passara para o lado deles, pertencia de facto à grande máquina que nos destruía desde há anos. E então lembrei-me de toda a nossa vida em comum, dos nossos passeios pelo campo, das nossas conversas, dos nossos projectos de libertação. Foi quando, fulminado, mordido de desvairo, pulei na cadeira, disse comigo:

— Como é possível? Gaudêncio, bom amigo, lembra-te bem. Tu querias sair do seminário. Querias. Lembra-te bem! Uma tarde, quando subíamos o monte, perguntaste-me: "E se Deus não existisse?" Como é possível que estejas mentindo agora, daí dessa face desconhecida? Como é possível, se tu eras da vida e da esperança? Grito-te daqui do meu silêncio revoltado até ao fundo da memória do camarada que perdi. Ah, lembra-te bem! Não eras tu da alegria e do futuro? Vou sair, amigo, vou-me embora. Já não aguento mais isto. Havias tu outrora, havia o Gama e o conforto de ambos para a minha cobardia. Mas agora há só a minha cobardia. Por isso, porque a conheço, eu te garanto que a hei-de vencer. Levarei para a fúria da minha liberdade a tua lembrança amiga de mãos dadas. E, quando o teu retrato cair daí para o entulho inoportuno, estarás ainda comigo, meu camarada, meu irmão. E ouvir-te-ei perguntar nas tardes angustiadas: "E se Deus não existisse?"

Calei-me. Tinha as unhas cravadas na carne, os dentes pregados de ira. Então, lentamente, ergui os olhos. E, quando fitei de novo a face de Gaudêncio, vi-lhe nos olhos um sorriso apaziguado e senti, pela primeira vez, a força única de uma como fraternidade que me estendesse as mãos do lado de lá da morte...

*

As férias da Páscoa eram breves e eu tinha de me decidir. D. Estefânia, sentindo-me diferente, observando-me o olhar duro de decisão, não se atrevia a falar-me com a autoridade antiga. E minha mãe, dorida de necessidade, tratava-me com um carinho medroso. Mas eu dizia sempre e sempre para mim:

— Tem de ser. Quem poderá viver a vida por mim? Só vivemos uma vez. Tem de ser!

Mas a cada instante hesitava. Flagelava-me a vida de minha mãe, com a sua pobre avidez de um futuro sem fome. Até que o destino me deu uma solução.

O Dr. Alberto fazia anos e resolveram dessa vez festejá-los. Porque raro acontecia passá-los na aldeia, e era esse, se não erro, o seu último ano de Coimbra. Fez-se um grande jantar de festa e à noite queimou-se fogo e deitou-se um balão. Antes, porém, de contar como tudo aconteceu, devo declarar que me é impossível saber se eu quis, realmente, que tudo assim acontecesse. Lembro-me bem de que nesse dia eu estivera com minha mãe em nossa casa. Era uma tarde de Primavera, com um sol convicto de esperança, um ar feliz de juventude. Sentado à porta da rua, eu olhava, emocionado, a confiança das aves, irradiadas de luz, a certeza calma e maciça da alegria universal. E tocado de emoção, atirado em energia à vitalidade de tudo, já quase me

não lembrava do agouro do meu destino. Foi quando ouvi atrás os passos lentos de minha mãe e a sua voz profunda e humilde:
— Que tens tu, meu filho?
Voltei-me para ela, fitei-lhe a face longamente:
— Mas eu não tenho nada, minha mãe.
Ela então sentou-se ao pé de mim e tomou-me as mãos devagar:
— Meu pobre filho. Meu pobre filho sempre tão triste. Quanto custa viver! Às vezes ponho-me a pensar no que tenho sofrido desde que nasci. E no que sofreu o teu pai. E no que sofre toda a gente pobre. E então eu digo se não era melhor que tivesses morrido em pequeno. Às vezes ias para a rua, como os teus irmãos, e passavam os carros, mas nunca nenhum de vós ficou debaixo.

Parou, arrependida, tentou justificar-se:
— Eu não devia dizer isto, Deus me perdoe. Mas sinto cá dentro que é como se não fosse mal dizê-lo.

E outra vez, como nunca, parecia-me que minha mãe queria lutar contra uma força maior do que nós e que a minha sorte era para ela sem remédio. Assim, eu tinha de ser padre, e ela tinha de desejá-lo, e só um carro que me não matou em pequeno poderia ter evitado tudo isso. Agora, nada a fazer. Eu sabia, como não sei explicar, que minha mãe tinha pena, uma pena grande, tão grande como a vida, de que eu não pudesse salvar-me. Mas nada a fazer. Foi então que senti como era imensa a distância que eu teria de percorrer, se quisesse dominar o meu futuro. Mas, nesse mesmo instante, despedaçou-me uma súbita revolta mais alta e mais forte do que quantos destinos houvesse. E disse para mim: "Hei-de fugir, hei-de vencer. Que ninguém tenha pena de mim. Hei-de rebentar com tudo. Destruído de peste. De opróbrio. De trampa. Mas hei-de vencer."

Não sabia como iria cumprir a minha jura. Mas estava certo, violentamente, de que ela tinha a verdade do meu sangue.

De hora a hora, instante a instante, nunca mais a minha promessa me abandonou, como um olhar fito de cegueira. E assim, durante o jantar da festa, eu ouvi tudo, imovelmente, como quem tudo tivesse vencido algum tempo antes de o matarem. O Dr. Alberto, sesgado de acidez, com aquela crueldade vítrea do seu olho vesgo, brincou comigo o que quis, rindo-se da minha sorte. Eu encarava-o apenas, firmemente, na radiação maligna do seu olhar. E não respondia.

— Deixa-o lá — dizia-lhe enfim D. Estefânia, aceitando a minha indignação.

E à noite, no quintal, fizemos um arraial, como disse. Primeiro, lançámos um balão de cinquenta folhas. Era todo em xadrez branco e azul. Levava um rabo de luzes e de bombas, a que eu peguei fogo, e que arderam, lá no céu, iluminando a noite. Depois, atirámos bombas e foguetes. Mas D. Estefânia, aos gritos, arrebatou os filhos do fogo:

— Não peguem nisso! Não deitem vocês as bombas, que se podem queimar! O António que as deite!

Deram-me um foguete, cheguei-lhe o morrão. O estrugir da pólvora lançou o pânico a toda a roda. Mas logo subiu, estalando no ar, longe do susto de D. Estefânia. Depois, deram-me uma luz, que era azul, de um azul tão bonito que todos tiveram pena que acabasse. E, porque era bonita, um dos meninos quis também deitar uma. D. Estefânia então esbofeteou o filho para acabar com razões:

— Já disse que te podes queimar! O António que deite tudo!

Sim. Portanto, a minha carne podia arder. Cada raiz da minha vida se iluminou em desespero. Quis provar àquela bruxa que a desprezava, que desprezava a morte, o suplício da minha carne. Estalou-me então abruptamente, de alto a baixo, um raio de loucura. E tomei uma bomba, e cheguei fogo ao rastilho, e esperei. A chama fervia pelo rastilho dentro, aproximava-se vertiginosamente da bolsa de pólvora. Uma placa de aço incandescente colava-se-me, por dentro, ao osso da fronte, queimava-me os olhos uma ácida lucidez. Eu estava sozinho, diante de mim e do mundo, perdido no súbito silêncio em redor. Mas no instante-limite da explosão, no ápice infinito em que tudo iria acontecer, um impulso absurdo, vindo não sei de que raízes, fez-me arremessar a bomba. Ou talvez que não houvesse impulso algum e tudo seja apenas, ainda agora, uma incrível fímbria de receio de que não cumprisse o meu propósito até ao fim. Porque a explosão deu-se e eu sangrei e perdi dois dedos da minha mão direita. Gritaram todos aos meus ouvidos, horrorizados da minha crueldade. Mas só a noite chorou comigo a minha dor, com um amor longínquo de estrelas e de silêncio...

XXI

Pouco tenho agora já para contar. Saí do seminário, como esperava, não sei se por ter ficado mutilado, se por enfim se reconhecer que eu não tinha "vocação". E bruscamente vi-me diante da vastidão de uma vida inteira a conquistar. Era um trabalho enorme para as minhas forças e agora mesmo eu não sei se consegui levá-lo ao fim. Talvez um dia eu conte ainda o que foi a minha luta e o que aconteceu ao Semedo, ao Fabião, e como outros companheiros, que saíram do seminário, reagiram frente à vida que já os não esperava. Mas, por agora, a minha história acaba aqui. Apenas falarei de mais um breve episódio, só porque me parece maravilhoso e último para tudo quanto já disse ou vier um dia a dizer.

Minha mãe, como se sabe, resolveu correr o resto do seu destino em companhia do Calhau. Levantou-se um furor de comentários sobre uma tal decisão; mas eu, friamente, nunca pude dizer nada sobre o caso, porque, para além das aparências e desde que me conheço, tudo esteve sempre certo em minha mãe. Como também se sabe, algum tempo depois, todos viemos viver para Lisboa. Em breve mergulhei até onde soubesse haver vida a descobrir. Alguma coisa, porém, em mim permanecia que nunca mais fui capaz de matar. Era um veneno prévio que tudo mirrava, uma hostilidade em guarda, um quase ódio de sangue contra toda a pureza da vida. Dolorosamente, eu descobria a mulher não no apelo do sonho, não no apelo de uma ternura final, mas apenas na avidez de dois punhos cerrados. E assim, o que eu entendia dela lia-se no mais secreto de si, era ainda o que me contava a memória, aí onde se dizia do seu destino de pecado e perdição. Trabalhei duramente como moço de recados num armazém, caixeiro numa retrosaria e finalmente por intermédio de um Correia literato, instalei-me no escritório de uma casa do pai.

Mas eis que há algum tempo, quando eu percorria a Baixa por uma tarde de sábado, vi no passeio fronteiro, avançando para mim, uma estranha e bela rapariga que nunca vira e que no entanto eu conhecia desde não sabia quando. Vestia de cinzento, direita e coleante como um fortíssimo desejo calmo. Uma quente humidade inchava devagar nas suas curvas solenes e uma branda avidez dilatava-se enormemente no seu maravilhoso olhar. A cada passo que dava estremecia nela a presença harmoniosa da sua plenitude; e de uma vez que sorriu para alguém, de olhos líquidos e transversais, um suave aroma de perfeição e de dádiva desprendeu-se dela lentamente como duas mãos estendidas. Fiquei ali estarrecido com a súbita revelação de uma esperança que perdera. Porque eu conhecia aquela mulher revelada, mas donde? e desde quando?

Assim a tenho seguido vezes sem conto, receoso de lhe falar, quase receoso de a ver. É impossível que ela me tenha esperado como eu, porque eu sei bem que a amo desde sempre. Quantos destinos, nesta cidade, se cruzam desencontrados — quantos terão sido erradamente do seu!

Até que um dia, bruscamente, estremeci de surpresa e revelação: eu *sabia* enfim quem ela era. Mas como falar-lhe? Como aceitar desde já a dor de uma desilusão? Porque eu reconheço-a desde o suplício antigo, desde o tempo em que o Gaudêncio me falou dela, desde a hora em que para sempre me despedi do meu amigo. Mas como saber ao certo que me não mente esta esperança, mais forte que o meu terror?

Por isso eu me calo até à minha angústia, recolhido ao receio do meu sonho. Não sei o que será a nossa vida amanhã, nem sequer, ó dor, se terei coragem de lhe falar. Mas reconheço, no meu sangue em alvoroço, que um sinal de triunfo vem

Este livro foi composto em tipologia Adobe Garamond Pro,
no papel pólen soft enquanto Lenine cantava *Se você quer me seguir*
para a Editora Moinhos.

*

Na CPI da Covid, o presidente da comissão dava voz de prisão ao ex-diretor do
Ministério da Saúde sob acusação de mentir à CPI.

*

Impresso em julho de 2021.

avançando com ela para mim, abrindo caminho desde o fundo do meu terror, atravessando o meu ódio, o meu cansaço, o meu desespero triste.

Por isso, nesta hora nua em que escrevo, perdido no rumor distante da cidade, conforta-me pensar não sei em que apelo invencível de vida e de harmonia que não morreu desde as raízes da noite que me cobriu.

Évora, 8 de Março de 1953.